HEYNE
HARDCORE

MATIAS FALDBAKKEN

WIR SIND FÜNF

Roman

Aus dem Norwegischen
von Maximilian Stadler

WILHELM HEYNE VERLAG
MÜNCHEN

Die Originalausgabe erschien unter dem Titel
Vi er fem
bei Forlaget Oktober, Oslo

Diese Übersetzung wurde mit der finanziellen Unterstützung von NORLA veröffentlicht.

MIX
Papier aus verantwortungsvollen Quellen
FSC® C014889

Verlagsgruppe Random House FSC® N001967

Lektorat: Kirsten Naegele
Redaktion: Kristof Kurz
Umschlaggestaltung: Nele Schütz Design, München,
unter Verwendung des Originalumschlags
Satz: Leingärtner, Nabburg
Druck und Bindung: Pustet, Regensburg
Printed in Germany

ISBN: 978-3-453-27299-6

www.heyne-hardcore.de

TEIL 1

1

ES STEHT EIN HAUS in Råset, einem Dorf etwa drei Stunden nördlich der Hauptstadt. Dort wohnte Tormod Blystad mit seiner Familie. Das Haus hatte er selbst gebaut, während Siv mit dem ersten Kind im Bauch stöhnte und litt. Den Jungen tauften sie auf den Namen Alf. Alf erbte zwar nicht das handwerkliche Geschick des Vaters, aber Tormod mochte ihn trotzdem. Ein Mädchen, Helene, blond und hübsch, kam fünf Jahre später zur Welt. Sie hatte einen messerscharfen Verstand und flinke Finger.

Auf Tormod Blystad war Verlass, er kümmerte sich um seine Familie und war ein stattlicher Kerl. Selbst bemerkte er es nicht, und Siv war nach so vielen Jahren blind dafür geworden, aber er sah gut aus. Groß, schlank, kräftig. Er alterte wie ein Stück Eichenholz. Die Leute im Dorf beäugten ihn und tuschelten, wenn die Familie im Laden einkaufte. »Siv hat sich den Besten geangelt«, hieß es. »Siv hat das große Los gezogen.«

In einem Ort wie Råset war die Auswahl an Partnern nicht groß. Viele Alternativen hatten Siv und Tormod nicht gehabt. In jedem Jahrgang gab es nur ein paar Dutzend Jugendliche. Tormod und Siv wurden in der Mittelstufe ein Paar, und dabei blieb es. Tormod reiste nicht, als mondän konnte man ihn nicht bezeichnen. Sein gutes Aussehen wurde nie in die Welt hinausgetragen.

In einer kritischen Phase in der Oberstufe hätten sich Siv und Tormod fast getrennt. Tormod baute Mist und stürzte ziemlich ab, aber Siv übernahm die Verantwortung und half ihm durch die schwere Zeit. Das vergaß Tormod ihr nie. Zum Dank baute Tormod das Haus für seine Familie.

Die Geschichte beginnt damit, dass Tormod einen Platz an der Fachhochschule bekam, vierzig Minuten von Råset entfernt, genauer gesagt: an einer technischen Hochschule mit Schwerpunkt Elektronik. Er war ein hervorragender Student, beharrlich und gewissenhaft. Fleißig. Akkurat. Aber in seinen Seminaren gab es auch einen Kommilitonen namens Espen, einen schrägen Vogel, der nie den Schnabel halten konnte. Seine krächzende Stimme schien tief aus der Kehle zu kommen. Sein ganzer Name lautete Espen Heggelund, was eigentlich recht charmant klang, bedeutete er doch *Vogelkirschenhain* – aber der junge Mann kannte kein Benehmen. Er trank häufig und animierte Tormod zu dem einem oder anderen Saufgelage. Bald stellte Tormod fest, dass er eine Neigung zum Trinken hatte, genau wie sein Vater Oscar, der ein einfacher Zimmermann war und ebenfalls in Råset lebte. Der Alkohol entzündete eine Flamme in Tormod, einen Funken, etwas, das er noch nie erlebt hatte. Schnell zeigte sich, dass er sich mit Promille im Blut nicht im Griff hatte. Schlimmer noch: Er war kaum wiederzuerkennen, wenn er trank. Tormod legte seine Scheu ab, wurde gesprächig und lustig. Eins führte zum anderen. Er fing an, Dummheiten zu machen. Eines Tages zerschnitt er seine

Schultasche mit einem Faltmesser, das Roar aus dem Schweißer-Kurs gemacht hatte. Grinsend sagte er zu Espen, dass er die Tasche nicht brauche, er sei ja fertig mit der Schule. Als er wieder nüchtern war, kaufte er von seinem eigenen Geld eine neue, ohne seinen Eltern davon zu erzählen. Der nüchterne Tormod verstand den Tormod nicht, der die Tasche zerschnitten hatte. Was für ein Kerl war das? Er riss sich zusammen. Aber nach einer Woche, in der er sich so verhielt, wie es von ihm erwartet wurde, ging er wieder zu Espen und ließ die Sau raus. Ein paar Schluck Bier, und ihm wurde warm hinter den Augen, seine Wangen bekamen Farbe, seine Mundwinkel wanderten nach oben. Ein Schluck Schnaps, und seine Gedanken klarten auf. Seine fleißige Seite, der Teil von ihm, der mehr lernte, als der Lehrplan es verlangte, oder noch stundenlang in der Schreinerei arbeitete, nachdem sein Vater Feierabend gemacht hatte, verschwand zunehmend. Er fing an, dröhnend zu lachen, und sein eigentlich freundliches Lächeln verwandelte sich in ein höhnisches Grinsen.

Nun war es aber so, dass der betrunkene Tormod – der tollkühne Tormod mit dem Faltmesser und dem Feuerzeug, der Spikkeruds Moped klaute, alles mit Filzmarkern bekritzelte und auf Flakstads zum Trocknen aufgehängte Wäsche pinkelte – den nüchternen, biederen Tormod ebenso wenig verstand. Der betrunkene Tormod machte sich über den zuverlässigen Tormod lustig, der gewissenhaft zur Schule ging und sich beim Training verausgabte. Der Tormod, der seinem Vater tatkräftig bei der Arbeit half, kam dem Tormod, der mit Espen becherte, lachhaft vor, ja, geradezu jämmerlich. Und je mehr er trank, desto mehr hasste er den wohlerzogenen Tormod. Die betrunkene und die nüchterne Version von Tormod wurden für die jeweils andere zu einem Ungeheuer.

Während all dieser Zeit war Tormod mit Siv Danielsen zusammen. Sie war hübsch, nach den hiesigen Verhältnissen. Kein anderes Mädchen hatte so schönes Haar. In der Mittelstufe hatte er im Klassenzimmer direkt hinter ihr gesessen und sie angestarrt, wenn sie sich streckte und ihre goldene Mähne schüttelte. Siv war in der Lage, jeden Lehrer in Grund und Boden zu reden, nicht mit Fakten, sondern mit gesundem Menschenverstand und Vernunft. Aber Espen meinte trotzdem, dass sie eigentlich keine besonderen Qualitäten besitze. Espen urteilte gnadenlos über Siv, und wenn Tormod blau war, stimmte er ihm zu. »Was ist mit ihren Beinen?«, fragte Espen ab und zu, worauf Tormod bloß den Kopf schüttelte und lachte. Denn Siv hatte tatsächlich X-Beine und lief über den großen Onkel. »Stupsnase«, wurde sie von manchen genannt. »Sie hat viel Zahnfleisch«, sagten andere. Was sogar stimmte: Wenn Siv lächelte, was selten genug vorkam, entblößte sie in gleichem Maß Zahnfleisch und Zähne. Aber all das war natürlich gemein, denn Siv hatte ja nichts Falsches getan, und sobald Tormod seinen Rausch ausgeschlafen hatte, wurde er von Gewissensbissen geplagt. Siv war doch so nett. Ihr Haar war ein Traum. Wie konnte aus einem Körper nur etwas so Wunderschönes gewachsen sein?

Tormod bestrafte sich für seine Exzesse, indem er unter der Woche besonders hart arbeitete. Um Buße zu tun, nahm er eine Aufgabe nach der anderen auf sich. Aber das Wochenende lockte immer wieder, und Espen war zur Stelle, lud ihn ein, schenkte ihm das Glas voll, stieß an. Es folgte eine maßlose Saufrunde nach der anderen, bei denen sie Heavy Metal auf Kassette hörten. Slayer, Manowar und Saxon, manchmal Misfits oder sogar Hüsker Dü; in Råset sah man es mit den Kategorien nicht so eng wie die Snobs in der Hauptstadt. So ging das ein halbes Jahr lang, dann noch eines.

Nach einem Jahr der versoffenen Wochenenden fingen Tormod und Espen an, auch unter der Woche zu trinken. Verkatert in die Schule zu gehen, kriegt man hin, wenn man jung ist, die Leber noch gesund und das Weiß der Augen noch weiß. Aber die Saufgelage wurden immer häufiger, und bald waren sie nahezu konstant betrunken. Im zweiten Jahr an der Fachhochschule tauchte Tormod (und Espen) fast nur noch in diesem Zustand auf. Anfangs hatte Tormod noch im Unterricht geglänzt, doch jetzt ließ er stark nach. Er nahm die Lehrer nicht mehr ernst, vor allem den klein gewachsenen, leicht autoritären Jørstad, der Informatik unterrichtete. Er vergaß seine Bücher, nickte ein und reagierte frech, wenn er ermahnt wurde. Er brach völlig unangebracht in Gelächter aus und sorgte stets für eine unangenehme Atmosphäre. Um seinen Tisch herum roch es nach Schnaps und Übermut.

In einer Nacht im Frühjahr, es war ein Mittwoch, soffen Tormod, Espen und ein paar andere bis fünf Uhr morgens. Sie motzten und meckerten über die Schule, die um Viertel nach acht begann. Boble, ein Junge aus dem Nachbardorf, der die Schule geschmissen hatte, um sich ganz aufs Biertrinken und Motorradfahren – er hatte eine schicke Honda

CB 125 – konzentrieren zu können, schlug ihnen vor, den Inhalt eines kleinen Tütchens zu testen, das er dabeihatte. Es handelte sich um Amphetamine. »Zieht euch das Zeug durch die Nase«, sagte Boble. Gesagt, getan. Tormod wurde erst ein wenig übel, sein Magen verkrampfte sich, doch dann durchzuckte ihn ein Blitz, und alles schien sich zu öffnen. Etwas Derartiges hatte der Junge aus Råset noch nie gefühlt. Eine Kraft schien ihn gleichzeitig nach innen und nach außen zu pressen. Diese fantastische Substanz gab ihm das Gefühl, endlich irgendwo angekommen zu sein. Hier gehörte er her. Er hatte nach Hause gefunden, wie man so sagt. Es wurde mehr Pulver geschnupft, inhaliert. Tormod war wie elektrisiert, völlig aufgekratzt rannte er in die Schule.

Das Päckchen mit dem Pulver sorgte dafür, dass der furchtlose, maßlose Tormod, den man auf vielen Partys erlebt hatte, mit dem zurückhaltenden, hart arbeitenden Tormod aus der Schule und der Tischlerei verschmolz. Aus den beiden Männern wurde einer. Tormod spürte einen massiven Energieschub. Alles erschien plötzlich kristallklar. Er ging zur Tafel, griff nach der Kreide und korrigierte mir nichts, dir nichts die Berechnungen des Lehrers. Jørstad hatte gegen ihn keine Chance. Im Informatikunterricht programmierte Tormod einen einfachen Roboterarm, und in einer Doppelstunde gelang es ihm, einen Fehler in der Software zu beheben, die die kinematischen Ketten steuerte. Jørstad war so beeindruckt, dass er mehrere Kollegen dazuholte. »Schaut euch Tormod an«, sagte er. Keiner hatte dem Schüler mit dem Softwarefehler helfen können, und jetzt standen sie daneben und sahen ihm zu, wie er die Probleme selbst löste: Das von Tormod entworfene Programm steuerte den mechanischen Arm reibungslos. Tormod wirkte ganz ruhig, erledigte seine Aufgaben aber mit Feuereifer.

Woche für Woche baten Espen und Tormod ihren Kumpel Boble, ihnen mehr Pulver zu besorgen – »Sprintspikes«, wie sie dazu sagten; »Speed«, »Paste«, »Pep-Pillen« oder schlicht »Pep«. Sie schnupften es täglich, nur ab und an legten sie eine Pause ein, um mal auszuschlafen. Espen kam immer seltener zur Schule, aber Tormod wollte unbedingt zum Unterricht, wenn er high war. Seine Fähigkeiten schienen tausendfach geschärft. So gut war er noch nie gewesen. Es war, als gebe es keine Grenzen für den Jungen. Bald schon reichte der Lehrplan nicht mehr aus, und Jørstad, der zwar alt und schwach, aber kein Dummkopf war, griff zum Hörer und rief einen Kollegen an, der als Professor an der Universität in der Hauptstadt arbeitete. Er bat ihn um zusätzliche Aufgaben für seinen Studenten. Er brauche weiteren Stoff für den Unterricht, meinte er. Tormod glänzte sowohl in praktischer wie in theoretischer Elektronik, er verfügte über phänomenale Programmierkenntnisse und ein tiefes Verständnis für die Mechanismen der Energieerzeugung und -versorgung und war außergewöhnlich kreativ, wenn es darum ging, Informatik, Elektronik und Kinetik zu kombinieren. Er war schlicht und einfach ein großes Talent.

2

ZU BEGINN DES dritten Jahres an der Fachhochschule schickte Jørstad seinem Kollegen von der Universität einige von Tormods Arbeiten (oder besser gesagt: Erfindungen). »Das musst du dir ansehen«, drängte er in dem Begleitschreiben. Der Kollege schien beeindruckt und antwortete, er wolle den Studenten kennenlernen. Ob er in die Stadt kommen könne? Es sei vielleicht machbar, ein Praktikum im Labor der Fakultät zu organisieren. Der Junge sei offenbar hochtalentiert.

Mittlerweile hatte Tormod sechs volle Monate unter dem Einfluss von Pep hinter sich. Er hielt sich ganz gut, aber nach und nach traten ein paar Ticks auf. Er fing an zu stieren, seine Augen wurden rund wie Murmeln. Seine Zähne klapperten, wenn sie nicht knirschten, und wenn er mit dem Lötkolben arbeitete oder an einem besonders komplexen Schaltkreis tüftelte, sperrte er den Mund seltsam weit auf. Es ließ ihn wie einen Irren aussehen. Von Zeit zu Zeit hatte er heftige Ausbrüche. Er stieß seinen Schreibtisch um, wenn ihm nicht gelang, was er sich vorgenommen hatte, stürmte aus dem Raum und verschwand einfach. Einmal warf er in einem seiner Wutanfälle eine ganze Reihe von Reagenzgläsern zu Boden, wo sie klirrend zerbarsten. Seine

Kommilitonen starrten ihn ungläubig an. Dem schwachen alten Jørstad platzte der Kragen. »Es reicht!«, krächzte er. Tormod rannte aus dem Zimmer. Jørstad rief ihm hinterher, dass er den Vorfall seinen Eltern melden müsse.

Tormods Vater, Oscar Blystad, der in jüngeren Jahren selbst oft ziemlich tief ins Glas geschaut hatte, wurde am nächsten Tag zu einem Eltern-Lehrer-Gespräch in die Schule bestellt. Tormod hätte auch dabei sein sollen, aber er tauchte nicht auf. Wo er war? Oscar hatte keine Ahnung. »Tormod war seit drei Tagen nicht mehr zu Hause«, sagte er. »Wir wissen auch nicht, wo er steckt.« Vielleicht bei »dem Mädel«, Siv Danielsen, aber die Danielsens besaßen kein Telefon. »Geht der Junge denn zur Schule?«, fragte der Vater. »Oh ja, jeden Tag«, erwiderte Jørstad. »Na dann«, sagte Oscar und nickte. Die beiden Männer saßen sich in Jørstads Büro gegenüber und blickten einander an. Jørstad versuchte umständlich, die Lage zu erklären. »Tormod ist unser bester Student, aber in letzter Zeit benimmt er sich merkwürdig.« »Ist er betrunken?« Nein, das glaubte Jørstad nicht. Nicht mehr. Eine Zeit lang schon, aber jetzt nicht mehr. »Mmm«, brummte Oscar. Er hatte sich dazu seine eigene Meinung gebildet. Die Arbeit war damals das Erste gewesen, das darunter gelitten hatte, wenn sie es »krachen ließen«, wie sie es zu nennen pflegten. Es leuchtete ihm nicht ein, wie Tormod in einem derartigen Zustand so produktiv sein konnte.

Jørstad erzählte Oscar Blystad, dass man Tormod zu einem Vorstellungsgespräch in die Hauptstadt eingeladen hatte, dass er sich dort aber nicht so danebenbenehmen könne. »Wozu soll das gut sein?«, wollte der Vater wissen.

Jørstad berichtete von dem befreundeten Professor und dem möglichen Praktikum. »Aber er braucht eine anständige Arbeit«, sagte Oscar. »Er kann nicht den ganzen Tag wie ein Pfau in einem Büro in der Stadt hocken und dummes Zeug von sich geben.« »Tormod besitzt ein seltenes Talent«, sagte Jørstad. »Es wäre unverzeihlich, sein Potenzial nicht auszuschöpfen.« Oscar räusperte sich und erwiderte dann: »Sie dürfen dem Jungen das Handwerk nicht wegnehmen.«

Tormod war währenddessen bei Siv. Wie jedes Mal trieben sie es stundenlang. Durch das Pep-Pulver war er ständig geil, und weil Siv damals noch auf Sex stand, taten sie kaum etwas anderes. Ihr war dabei durchaus bewusst, dass ihr Freund langsam den Halt verlor. »Sei kein Idiot, und hör auf zu schwänzen, Tormod«, sagte sie, nachdem er sich leergevögelt hatte. »Ich muss zu Espen«, erwiderte Tormod. »Nein, Tormod, nicht zu Espen«, flehte Siv, aber es half nichts. Tormod stürmte zur Tür hinaus, und Siv blieb zurück und schaute ihm mit großen Augen hinterher. Sie schluchzte und wimmerte, riss sich aber schnell wieder am Riemen. Tormod war der Mann, den sie wollte, und so lockte sie ihn hartnäckig und entschlossen immer wieder in ihr Haus zurück. Ihre spezielle Mischung aus Wärme und klaren Regeln schien ihn zu besänftigen – wenn er bei Siv war, kam Tormod zur Ruhe. Er verbrachte den Abend und die Nacht mit ihr, und Siv löste das Wirrwarr, in das er sich verstrickt hatte. Aber dann traf er Espen wieder, schnupfte mehr Pulver und feierte weiter. Aus dem ruhigen, vertrauenswürdigen Tormod war ein Vollzeit-Junkie geworden.

So ging es das ganze dritte Studienjahr weiter. Tormod war zweifellos der beste Student, jeder wusste das, aber durch seinen Eigensinn und die ständigen Fehlzeiten fiel er in mehreren Fächern durch und stand am Ende ohne Diplom da. Aus dem Praktikum in der Hauptstadt wurde nie etwas. Jørstad wagte es nicht, seinem Freund, dem angesehenen Universitätsprofessor, einen derart unberechenbaren Achtzehnjährigen zu schicken. Der Professor war zwar von den Erfindungen des Jungen so beeindruckt gewesen, dass er Jørstad mehrmals daran erinnerte, aber dieser erklärte ihm – wahrheitsgemäß –, dass Tormod neben der Spur war, dass er neben sich stand. Er sei zu einer tickenden Zeitbombe geworden. Ja, Jørstad benutzte tatsächlich das Wort »Zeitbombe« als Beschreibung für den Jungen aus Råset.

Als der Herbst kam, blieb Tormod keine andere Wahl, als in der Tischlerei seines Vaters anzufangen. Er tauchte zwar jeden Tag pünktlich zu seiner Schicht auf, schien aber von allen guten Geistern verlassen. »Ist bei dir eine Schraube locker, oder was?«, fragte Oscar ihn. Er wurde aus dem Verhalten seines Sohns, der die Statur seiner Mutter geerbt hatte, einfach nicht schlau. Sie stammte aus einer Familie mit großen, kräftigen Männern, während Oscar klein und gedrungen war. Tormod gab seinem Vater keine Antwort, wandte ihm achtlos den Rücken zu und schoss mit der Nagelpistole auf die Wand. Er war immer noch muskulös und breitschultrig, hatte schlanke Hüften unter dem Overall und trug einen Werkzeuggürtel, was ihm eine trichterförmige Statur verlieh, aber konnte es sein, dass seine Zähne anfingen zu faulen? Am nächsten Tag fragte ihn sein Vater erneut: »Tormod, stimmt etwas nicht mit deinem Kopf?« Als Tormod wieder nicht reagierte, sah Oscar rot. Er war noch nie sehr geduldig gewesen. »Wenn du mir nicht einmal so eine einfache Frage beantworten kannst, hast du hier nichts zu suchen«, sagte er. Tormod ließ die Nagelpistole fallen und ging wortlos davon.

Jetzt war er allein mit Espen und dem Pep-Pulver. Und Siv natürlich. Siv gab ihn nicht auf, ertrug wacker die Launen ihres zügellosen Freundes. »Tormod, was NIMMST du da immer für ein Pulver?«, schimpfte sie. Eine Antwort bekam sie nicht. Siv machte inzwischen eine Friseurlehre, und sie hatte in der Dorfmitte eine Wohnung gefunden, winzig zwar, aber es war ihre. Siv war von zu Hause ausgezogen, kaum dass sie achtzehn war, um ihrer streitsüchtigen Mutter zu entfliehen, die ihr ständig auf den Wecker ging. Sie war nicht der Typ, der lange zauderte. Kurz darauf lernte sie Autofahren und zeigte Tormod stolz den laminierten Führerschein. Er stierte mit seinen vergrößerten Pupillen darauf und gratulierte ihr. Im Grunde beschränkte sich Tormods Leben zu dieser Zeit auf drei Aktivitäten: monotones Computerspielen, endlosen Sex mit Siv und den Drogenkonsum mit Espen. Manchmal war er den ganzen Tag weg, manchmal sogar zwei, und Siv kam fast um vor Sorge. Sie klemmte sich den Hörer ans Ohr und telefonierte mit ihrer Freundin Anita, eine halbe Stunde, noch eine halbe Stunde, aber die Mutmaßungen, die sie dabei anstellten, brachten sie nicht weiter. Sie ahnten nicht, wie weit Espen und Tormod bereits abgedriftet waren. Sie wussten nichts von dem provisorischen Labor in Tønnesens

Hütte, wo die beiden in aufgeschnittenen Plastiktonnen Erkältungsmedikamente auflösten und mit Pseudoephedrin, rotem Phosphor, Lauge und so weiter mischten, um gewaltige hausgemachte Highs zu produzieren. Sie sollten nie erfahren, dass Espen und Tormod in der Nacht bei Mattisen gewesen waren, als dieser sich umgebracht hatte, oder dass sie Morten Borgen eines Nachts nach einer Auseinandersetzung im wahrsten Sinne des Wortes gefoltert hatten. All diese Dinge blieben geheim.

Eines Freitags tauchte Tormod gegen drei Uhr morgens bei Siv auf. Sie erzählte später, sie sei gerade dabei gewesen, sich ihren Lieblingsfilm anzusehen, eine Teenager-Romanze mit dem Titel *Can't Buy Me Love*, als sie die Wohnungstür aufgehen hörte. Wie sie bei seinem Anblick erschrak! Siv taumelte rückwärts gegen den Fernsehtisch und stieß ihre Diet Coke um, die sich auf den Teppich ergoss. Tormod hatte eine große Platzwunde auf der Stirn. Sein Pullover – oder »Jumper«, wie Siv dazu sagte – war blutgetränkt. Tormod war in einen Streit geraten – mit einem Mann namens Stubberud, von den meisten »Stubberush« genannt, weil er so viel schnupfte, und der hatte ihm erst einen bösen Kopfstoß verpasst und ihm dann eine Flasche über den Schädel gezogen. »Jetzt reicht's!«, rief Siv, packte ein paar Klamotten, zerrte Tormod zu ihrem Ford Fiesta und fuhr ihn in die Notaufnahme, wo die Ärzte die Augenbraue mit elf Stichen nähten. Außerdem verabreichten sie ihm Diazepam und Aktivkohle, weil er so erregt war und leicht psychotisch wirkte. Tormod beruhigte sich allmählich, und Siv ließ ihn kurz allein, um zum Haus ihrer Eltern zu fahren. Im Flur schnappte sie sich den Schlüssel zum

Ferienhaus, dann holte sie ein paar vakuumverpackte Lebensmittel und Konserven aus der Speisekammer. Als ihre Mutter im Nachthemd erschien und fragte, was der »Höllenlärm« solle, schlug Siv ihr die Tür vor der Nase zu. Auf der zwei Stunden langen Fahrt durch Østerdalen hielt sie sich penibel an die Geschwindigkeitsbegrenzungen. Zu Tormod sagte sie, dass sie in der Hütte bleiben würden, bis alles ausgestanden wäre.

Und so kam es auch. Über zwei Wochen blieben sie in der Hütte. Viermal fuhr Siv die vierzig Minuten hinunter zum Gemüsehändler im Dorf, um Essen zu holen, aber sonst gingen sie nicht vor die Tür. Tormod fing an, wie ein Schwein zu schwitzen und wälzte sich in seinem Schlafsack hin und her. Er war in einem schrecklichen Zustand. Er schimpfte und verfluchte Siv. Er stöhnte laut. Ihm war furchtbar übel. Siv machte ihm Pfefferminztee mit Zitrone, ein Hausmittel, das seine Qualen linderte. Coca-Cola, ein weiteres Hausmittel, half auch ein wenig, die Magenkrämpfe ließen langsam nach. Sie verhätschelte ihn nicht, aber sie war geduldig, hartnäckig und entschlossen. Eisern ließ sie Tormods Beschimpfungen an sich abprallen, und wenn er zwischen den Anfällen einschlief oder vielmehr zusammenbrach, streichelte sie seinen massigen Leib stundenlang. Tormod war etwas Besonderes.

Als das Pep seinen Griff lockerte, kehrte langsam der sanfte und einfühlsame Tormod zurück, wo auch immer er sich in den vergangenen Jahren versteckt hatte. Er wandte sich Siv zu und sagte: »Siv, ich hatte mich in das absolute Gegenteil meiner selbst verwandelt, aber jetzt bin ich zurück. Wenn ich jemals wieder so werden sollte – so verwandelt – und *irgendetwas anderes behaupte als das, was ich dir jetzt sage*, dann hör nicht auf mich. Glaub mir nicht. Das hier ist mein wahres Ich.«

3

TORMOD RISS SICH gründlich zusammen. Wie ein Hund mit eingezogenem Schwanz kehrte er zu seinem Vater zurück, entschuldigte sich und versicherte, dass er sich von diesem Tag an auf seine Arbeit und Siv und sonst nichts konzentrieren würde. Oscar nahm die Entschuldigung an, machte jedoch klar, dass Tormod sich keinen Unfug mehr leisten könne. »Wir brauchen hier keine Clowns«, sagte er. Tormod nickte. »Du kannst deine Probleme nicht einfach so ins Dorf tragen.« Tormod seufzte und schuftete fortan doppelt so hart, um alles wiedergutzumachen.

Dorftratsch hält sich zäh, man braucht Geduld. Tormod war gebrandmarkt: Er wusste, dass jeder Fehltritt bemerkt und weitererzählt würde – das Dorf war gnadenlos. Jede Verbindung mit dem *anderen* Tormod musste gekappt und durch Ehrlichkeit und harte Arbeit ersetzt werden. Er brach jeglichen Kontakt zu Espen Heggelund ab und hing auch nicht mehr mit Boble oder Stubberush herum. Siv entfernte allen Alkohol aus ihrer Wohnung. Sobald Tormod den Wunsch, das Bedürfnis, das Verlangen verspürte, was in der Regel abends geschah oder wenn das Wochenende vor der Tür stand, zwang er sich, an Siv und ihre gemeinsame Zukunft zu denken.

Nachdem er ein paar Jahre lang wie ein Pferd geackert hatte, beschloss Tormod, in sich selbst zu investieren. Siv und er bekamen einen Kredit von der Bank und über Oscars Unternehmen Baumaterialien zum Einkaufspreis. Sie erwarben ein karges Stückchen Land am Rand von Råset, und Tormod ging ans Werk: Er räumte das Grundstück frei, entfernte Baumstümpfe und ebnete den Boden. Im Frühsommer heirateten die beiden in der Kirche von Råset. Bei der anschließenden Feier im Rathaus hielt Tormod eine kurze Rede, in der er Siv als sein »Fundament« bezeichnete.

Der starke Tormod baute das komplette Haus wortwörtlich mit seinen eigenen Händen – Hände, die immer kräftiger und rauer wurden, reifer. Das Haus, das er zimmerte, war ein sehr schönes funktionalistisches Holzhaus, auch *Byggmesterfunkis* oder *Folkefunkis* genannt. Zusammen mit seinem Vater hatte er schon einmal ein ähnliches errichtet, er wusste also, wie er es machen musste. Währenddessen lebten sie in Sivs beengter Wohnung. Siv hatte in der Zwischenzeit mit drei Freundinnen einen kleinen Friseursalon in der Dorfmitte eröffnet, wo sie für einen mageren Lohn Haare schnitt. Das Leben als Dorffriseurin ging ihr schon bald auf den Geist.

Das Grundstück, auf dem das Haus stehen sollte, war mehrere Monate lang eine Baustelle, der Garten bestand nur aus Erde und Schlamm, überall waren alle möglichen Dinge unter Planen gestapelt. Doch dann nahm es allmählich Gestalt an, und an Weihnachten stand das ganze Gebäude. Ehe Siv es sich versah, war alles so weit eingerichtet, dass sie ins Erdgeschoss ziehen konnten. Alles war neu und roch nach frischem Holz. Mit dem Bau der Garage und der Werkstatt wollte Tormod im Frühling beginnen, wenn der Schnee geschmolzen war. Darauf freute er sich schon sehr.

Kurz vor Ostern kam Siv mit einem Clearblue-Test zu Tormod und eröffnete ihm, dass sie schwanger war. Beide waren zweiundzwanzig – ein gutes Alter, um Kinder zu bekommen. Tormod hatte das Gefühl, dass sich alle Puzzlestücke zusammenfügten. Er hatte es geschafft, ein solides Bollwerk gegen alles zu errichten, was ihn in Zukunft in Versuchung führen oder bedrohen könnte.

Siv machte die Schwangerschaft sehr zu schaffen, und sie ließ sich schnellstens krankschreiben. Tormod hatte vollstes Verständnis für die geschwollenen Knöchel, die Beckenschmerzen, die Übelkeit und den unstillbaren Hunger. Siv hatte Appetit auf alles Mögliche, meistens von der weniger gesunden Sorte, schaufelte so viel in sich hinein, wie sie konnte, und spülte das Ganze mit einer beträchtlichen Menge Café Latte hinunter. Dadurch fühlte sich ihr Magen aufgebläht und aufgedunsen an, was ihr aufs Gemüt schlug. Tormod richtete im Wohnzimmer eine feine Fernsehecke mit einer bequemen Couch und einer guten Internet-Verbindung ein. Hier verbrachte Siv ihre Tage, fütterte den Fötus und sich selbst, während Tormod zur Arbeit ging. Auch im Frühsommer saß sie an den meisten Abenden dort, während Tormod die Werkstatt, die Garage und den Carport baute, eins neben dem anderen stolz am Ende der Auffahrt thronend. In der Schlussphase der Schwangerschaft hatte Siv einige Kilos zusätzlich zum Babygewicht zugelegt, und sie fühlte sich mies und unbeweglich. Sie wirkte auch dunkler – man könnte sagen, sie war in mehr als einer Hinsicht schwerer geworden. Aus diesem Grund beschloss sie, sich etwas Gutes zu gönnen, und bat Merete vom Salon, ihr einen neuen Look zu verpassen. Ihr Haar habe die Elastizität verloren, sagte sie, und ihre blonden (nun ein wenig dunkleren) Locken fühlten sich schlaff an. Tormod hatte immer eine Schwäche für Sivs Haar gehabt – für ihn symbolisierte es ihre ganze Charakterstärke und Willenskraft –, aber auf einmal sah sie nicht mehr wie die Siv aus, die er seit Schulzeiten kannte. Ihr pilzförmig geschnittenes Haar mit dem diagonalen Pony war im Nacken kurz gehalten. Die neue Frisur sah ungefähr drei Tage lang schick aus, dann hörte Siv auf, sich die Haare zu stylen. Waren sie früher schwungvoll und kräftig über ihre Schultern herabgefallen, ähnelten sie jetzt sprödem Heu. Haare sind nur ein oberflächliches Merkmal, sagte sich Tormod, vielleicht nicht in genau diesen Worten, aber so ähnlich. Er fragte sich, ob Sivs Kraft und Stärke in seiner Vorstellung womöglich zu sehr mit ihrem Haar verknüpft waren. So oder so, sie war schwanger, zumal mit seinem Kind. So viel zu Kraft und Stärke, murmelte er in sich hinein. Es gab Schlimmeres als diese neue Frisur, und Siv vollbrachte gerade ein Wunder: Sie *machte ein Baby*.

Wenig später wurde Alf geboren, und er war vielleicht nicht das hübscheste Kind – der Kleine hatte die breite Stirn von Sivs Mutter –, aber er war Tormods Ein und Alles. Der große Kopf hatte Siv während der Geburt heftige Probleme bereitet, sie war völlig am Ende und schluckte schachtelweise Kodein. Stöhnend hockte oder lag sie da und stillte das Baby nur elf Wochen lang, bevor sie ihre geschundenen

Euter (ihre eigenen Worte) endgültig zurück in den BH packte. Milch zu produzieren, koste zu viel Energie, meinte sie. Tormod wusste, dass es sowohl harte physische als auch psychische Arbeit war, rund um die Uhr zu stillen, und er hatte keine Einwände, als sie, vielleicht ein bisschen früh, Folgemilch auf die Einkaufsliste schrieb – mit dem Fläschchen konnte Tormod sie nachts entlasten. Durch das Stillen hatte Siv in den ersten Monaten ernste Schlafprobleme entwickelt und war die meiste Zeit völlig erschöpft. »Ich brauche ein bisschen Schlaf«, sagte sie und legte sich mehrmals am Tag hin.

Anfangs sprang Sivs Mutter ein, die Frau mit der breiten Stirn. Sie kümmerte sich um Alf, während Tormod Oscar auf den Baustellen zur Hand ging und Siv schlummerte. An den Wochenenden kam Tormods Mutter Signe, die Frau aus der Familie mit den riesigen, kräftigen Männern. Signe konnte gut mit Kindern umgehen, geriet aber bald mit Siv aneinander, denn die beiden hatten unterschiedliche Vorstellungen von der Erziehung des Kleinen. Siv hatte begonnen, Alf in die Hand zu zwicken, wenn er nach etwas griff, das er nicht haben durfte, Zuckerstückchen etwa. Dies schien ihm nicht zu schaden – er war fröhlich, aber nicht besonders empfindlich, ein wenig apathisch vielleicht –, doch Signe gefiel das nicht, was sie auch offen sagte. Siv ließ sich von niemandem dreinreden, sie wehrte sich. Die Fronten verhärteten sich, und Tormod, der mit Konflikten noch nie hatte umgehen können, musste seiner Mutter mitteilen, dass sie Sivs Methoden zur Bändigung der gierigen Hände des Jungen nicht kritisieren dürfe. Signe war beleidigt und kam immer seltener.

Tormod verbrachte viel Zeit mit seinem Sohn, und zwischen den beiden entstand eine besondere Bindung. Viele der sogenannten Meilensteine – die ersten Schritte, der erste ausgefallene Milchzahn, später Schwimmen, Schnitzen, Radfahren und Steine übers Wasser hüpfen lassen – wurden von Tormod begleitet. Er lehrte den Jungen die Namen zahlreicher Vögel. *Da sitzt ein Seidenschwanz auf dem Ast, siehst du ihn, mit diesen kurzen, gelben Schwanzfedern?* Tormod und Alf unternahmen viel gemeinsam. Zum Beispiel stiegen sie den Hügel hinter dem Haus hinauf und warfen Steine auf die Felshaufen darunter. Beide fanden, es rieche nach »Schießpulver«, wenn die harten Steine aufeinandertrafen. Sie angelten Barsche mit Oscars Boot. Alf hatte nicht viel Anglerglück, freute sich aber riesig, wenn Tormod einen Fisch fing. Er schlug den Fischen gern mit dem Griff des Fahrtenmessers auf den Kopf. Im Winter gingen sie eisfischen. Tormod zeigte Alf die hohe Kunst des *Pultost*-Köderns: Wenn man die aromatischen Käsebröckchen durch das Loch im Eis warf, lockte man die Fische zuverlässig an. Einmal begleitete Alf Tormod auch zur Arbeit, aber er war motorisch erstaunlich ungeschickt. Zeitweise wirkte er völlig geistesabwesend, wie in einer ganz anderen Welt. Sägen und Hämmern waren nichts für ihn. Er verbrachte den Großteil der Zeit damit, auf eine Wasserwaage zu starren und zu beobachten, wie die Blase in der Flüssigkeit hin und her glitt.

Alf war fünf, als Helene geboren wurde – ein Altersunterschied, der einen Tick zu groß war für eine enge Geschwisterbeziehung. Helene war gesund und munter. Sivs blonde Haarfarbe hatte sich bei ihr durchgesetzt, und ihre Augen waren eisgrün. Aber Sivs zweite Schwangerschaft war noch anstrengender gewesen als die erste, und nach einer schmerzhaften Gebärmuttersenkung war sie völlig außer Gefecht und konnte die Nachwirkungen dieser »Schmerzhölle«, wie sie es nannte, nur wegschlummern. In der Folge wurde Siv leicht krank und fühlte sich oft elend, dieses Wort fiel häufig: *elend*. Ihre Mutter sprang wieder ein und passte auf das Baby auf, während Alf in den Kindergarten und Tormod zur Arbeit ging. Im Übrigen stemmte Tormod einen Großteil der Last: körperlich und finanziell, aber auch, was die emotionale Bindung anging.

Seine Tochter war ein Sonnenschein, allerdings auch sehr viel anstrengender. Helene schien mehr Schwung als ihr Bruder zu haben. Alf ließ sich leichter ruhigstellen, sich wiederholende Bewegungen oder ein Bildschirm genügten ihm. Er hatte weniger Präsenz als seine Schwester, die mehr einforderte. Sie hatte Appetit, aß geradezu gierig, sie war ein in jeder Hinsicht unbändiges Mädchen. Zum Glück hatte Tormod genug Energie, um ihr zu geben, was sie brauchte, und sie bauten eine solide Beziehung zueinander auf. Tormod sah sich selbst in ihr. Bald konnte sie so gut lesen wie ihr Bruder. Helene war ein helles Köpfchen, und ihre Fantasie ging oft mit ihr durch. Und auf diesem Köpfchen wuchs eine kräftige – goldene – Mähne, die Tormod zu einem dicken Zopf flocht.

Als Helene vier und Alf neun Jahre alt war, begann das Gequengel: Sie wollten ein kleines Geschwisterchen. Tormod wünschte sich auch noch ein Kind, er hatte sich immer ausgemalt, drei zu haben und damit eine Familie mit fünf

Mitgliedern. Eine symmetrische Zahl – fünf war harmonischer als vier. Aber Siv lehnte kategorisch ab: Familienzuwachs kam nicht infrage. Die Kinder quengelten weiter, bis Siv der Kragen platzte und sie die beiden anblaffte, jetzt sei es genug. Tormod versuchte monatelang, sie sanft auf diplomatische Weise zu überreden, aber es nützte alles nichts. Siv nannte die Schwangerschaft ein »Inferno«, das sie unter keinen Umständen noch einmal durchleben wolle, und bat Tormod, an die Zeit damals »zurückzudenken«. Überhaupt kämpfte sie noch mit den überschüssigen Kilos, die sie mit Helene zugelegt hatte. Ihr Bauch quoll wie ein Muffin über den Bund ihrer Jeans, und sie verbarg ihre Figur unter weiten mantelartigen Gewändern. Gab es denn nicht genug zu tun mit den beiden Bälgern, die sie bereits hatten? Tormod und die Kinder konnten sich den Familienzuwachs an den Hut stecken. Als Tormod ein letztes wohlüberlegtes und recht gut artikuliertes Argument zugunsten eines weiteren Babys vorbrachte, fauchte Siv, er könne das Kind ja selbst gebären, wenn es ihm so verdammt wichtig sei.

4

DIE DYNAMIK INNERHALB der Familie veränderte sich, wurde schwieriger zu kontrollieren. Siv hatte Tormods langjährigen Traum von drei Kindern ruiniert, und das bedrückte ihn sehr. Er verdrängte die Enttäuschung, indem er ständig am Haus herumtüftelte und sich unablässig beschäftigte. Alf und Helene lagen nicht auf einer Wellenlänge, der Altersunterschied war so groß, dass sie weder miteinander spielen noch sich richtig unterhalten konnten. Sie stritten nicht wirklich, sie interessierten sich nur nicht füreinander. Helene spielte gern draußen, sie buddelte in der Erde und wühlte im Schlamm, baute und formte. Im Herbst lief sie über die Äcker und Felder. Alf blieb lieber im Haus. Wenn Helene ihn triezen wollte, musste sie ihren Bruder nur einen »Stubenhocker« nennen, und schon ging es los. Alf protestierte und heulte, fühlte sich angegriffen; schließlich war er ja genau das, ein Stubenhocker.

Tormod kam mit den Kindern einzeln gut zurecht, aber ihm wurde klar, dass sie etwas brauchten, um das sie sich zusammen kümmern konnten, ein geteiltes Interesse, oder sollte man sagen: eine gemeinsame Leidenschaft. Da ein Baby ausgeschlossen war, schlug er einen Hund vor. Die Kinder jubelten. Siv legte die Fernbedienung weg und starrte ihn mit kaltem Blick an. Dann sprudelte eine Unmenge von Gegenargumenten aus ihr heraus, darunter das Gebell, das ständige Gassigehen, die Futterkosten, die Abnutzung von Parkett und Möbeln und nicht zuletzt die Tatsache, dass ein Hund mindestens so viel Arbeit bedeute wie ein Baby. Diese Erfahrung habe Merete aus dem Salon gemacht, nachdem sie einen Rauhaardackel gekauft hatte. Sich einen Hund anzuschaffen, sei dasselbe wie ein Baby zu kriegen, das nie sprechen lernt, sich immer im Dreck wälzen will und überall Löcher scharrt. »Was wollen wir damit?«, fragte Siv. Sie war überhaupt nicht scharf auf Hausarbeit, Putzen oder Wäschewaschen, aber weil diese Tätigkeiten leider in ihren Verantwortungsbereich fielen, war alles, was sie noch erschwerten, für sie tabu.

Die Wochen verstrichen, und die Diskussionen über die Anschaffung eines Hundes hörten nicht auf. Zu Sivs Leidwesen hatte Tormod den Kindern wirklich einen Floh ins Ohr gesetzt – in puncto Hund waren sie sich einig. Von früh bis spät fantasierten sie über ihr potenzielles Haustier, wie es hieß, was sie mit ihm spielten, ob es ein kleiner Bruder oder eine kleine Schwester, also männlich oder weiblich war. »Ein Junge«, sagte Helene. »Ein Mädchen«, sagte Alf. Aber sie waren offen für beide Möglichkeiten und betonten, dass es egal sei, Hauptsache, sie bekämen einen Hund. Tormod erklärte, dass der Hund eine robuste Rasse sein müsste, ein Arbeitshund, den man draußen halten konnte, der lange Touren und das norwegische Klima vertrug, kein Schoßhündchen. Der aufrichtige Wunsch nach einem Welpen ließ die Kinderaugen glänzen. Dies machte schließlich Eindruck auf Siv, und sie ließ sich erweichen, denn eine kaltherzige Teufelin war sie trotz allem nicht. Und als ihr der Arzt dann zu mehr Bewegung in hügeligem Gelände riet – sowohl um die überzähligen ungesunden Pfunde loszuwerden, als auch um etwas für ihren Beckenboden zu tun –, beschloss sie, dass ein Hund vielleicht doch eine gute Idee sein könnte. »Also, welchen Hund werden wir uns anschaffen?«, fragte sie eines Abends ohne Vorwarnung, als sie gerade Suppe aßen. Die Kinder johlten, und Tormod war sehr erleichtert. Er verspürte eine Lebenslust wie schon lange nicht mehr und schlug vor, loszufahren und ein paar Welpen anzuschauen, um herauszufinden, welche Rasse sie haben wollten – sie würden nicht lange brauchen, um zu entscheiden, welcher Hund Teil der Familie werden solle, meinte er. Daraufhin setzten sie sich ins Auto.

Die vier tuckerten kreuz und quer durch den Bezirk – mitunter überquerten sie sogar die Bezirksgrenzen – und besuchten Bauernhöfe, kleine Farmen und Häuser, die Welpen hatten oder bald einen Wurf erwarteten. Sie sahen sich einen Deutschen Schäferhund an. Sie sahen sich einen Labrador Retriever und einen Gordon Setter an. Sie sahen sich auch einen schönen Border Collie an, und obwohl er ihnen sehr gefiel mit seinen wachen Augen und dem gutmütigen Wesen, fanden sie, dass er doch ein wenig zu viel Energie hatte und sie ihm die nötige Schulung und Aufmerksamkeit nicht bieten konnten. Der nächste Hund, den sie sich ansahen, war ein Norwegischer Elchhund, eine abgehärtete und ruhige Rasse, die mehrere tägliche Spaziergänge bestens verträgt. Die Welpen waren zudem unglaublich süß, und die Kinder verliebten sich Hals über Kopf in sie. Sogar Siv stieß einen Seufzer aus, als sie einen davon in den Armen hielt.

Alles in allem war das Ganze ein voller Erfolg. Über die zottelige Snusken fanden die Kinder zueinander, und sie wurden bald zu einem Dreiergespann, einem Trio. Snusken hatte einen dunklen Streifen, der von einem Auge aus abwärts verlief und sie wie einen Papageientaucher aussehen ließ. Durch die täglichen Spaziergänge im rauen Gelände wurde Sivs Rumpfmuskulatur gekräftigt, und die Folgen ihrer Gebärmuttersenkung verschwanden nach und nach. Sie verlor einige Pfunde und hatte viel mehr Energie als zuvor. Sie fing an, im Salon Überstunden zu machen, und hatte zum ersten Mal seit langer Zeit wieder selbst verdientes Geld zum Ausgeben. An den Wochenenden lud sie die begeisterten Kinder in die Pizzeria im Nachbardorf ein, eine Unternehmung, bei der Mutter und Kinder ganz unter sich waren. Ihr Cousin arbeitete dort, und der Laden hatte nicht viel mit Italien zu tun, aber die Pizzas schmeckten. Siv bestellte sie immer mit Käserand. Helene war nicht so scharf darauf, Alf hingegen mochte auch Käse. Käserand! Sie hatten einen Heidenspaß. Sie plapperten und tuschelten, und Siv entlockte den Kindern allerlei. Alf hatte ins Bett gepullert. Siv tröstete ihn: Auch Tormod sei als Kind ein Bettnässer gewesen, verriet sie sehr zu Alfs Erstaunen. Helene gestand, im Laden Kaugummi geklaut zu haben. Siv machte keine große Sache daraus, sie war stets großzügig, wenn die Kinder dachten, sie würden richtig Ärger bekommen. Helene und Alf trauten sich, ihr peinliche Dinge zu erzählen, Missgeschicke und Geheimnisse. Darin lag Sivs Stärke.

Tormod war hin und weg. Er hatte noch nie einen Hund gehabt, obwohl er sich als Kind immer einen gewünscht hatte. Er empfand eine tiefe Bindung an das Tier, und die Hündin erwiderte dieses Gefühl. Sie bewunderten einander, so viel war klar.

Tormod zimmerte einen ausgefeilten – und geräumigen – Zwinger direkt neben der Hauswand, im Prinzip eine Art Anbau zum Haupthaus. Er schnitt die gleichen Kiefernbretter zurecht, die er auch für sein Heim benutzt hatte, und legte für Snusken einen glatten Boden aus. Das Ganze ähnelte mehr einem Bett als einem Zwinger, es gab ein kleines Fenster und einen Flickenteppich, auf dem sie herumkauen konnte. An der Vorderseite brachte er einen herrschaftlichen kleinen Ausgang zum Garten an. In die Rückwand sägte er ein Loch, eine Hundeluke, die ins Wohnzimmer der Familie führte, sodass Snusken immer hereintapsen konnte, wenn ihr der Sinn danach stand. Zumindest solange sie noch ein Welpe war. Alf und Helene waren klein genug, um durch das Loch – oder die Tür – in Snuskens Haus krabbeln zu können. In gewisser Weise baute Tormod eine Mischung aus Hundehütte und zusätzlichem Kinderzimmer.

Die Begeisterung ebbte nicht ab. Die Kinder waren wie besessen von Snusken und kümmerten sich hingebungsvoll um sie. Füttern, Bürsten, Waschen und Gassigehen (abgesehen von Sivs Trimm-dich-Touren durchs Gelände), all das wurde von den beiden erledigt. Trotz des Altersunterschieds stand die kleine Helene Alf in nichts nach, wenn es darum ging, Verantwortung für den Hund zu übernehmen. Vorher hatten sie sich oft gezankt, geschubst und geärgert, doch nun arbeiteten sie eindrucksvoll zusammen. Tormod beobachtete dies mit großer Erleichterung. Die Kinder liebten es, die starre eingerollte Rute der Hündin geradezuziehen und zuzusehen, wie sie sich wieder einrollte, und Snusken ließ sie gewähren. Ein halbes Jahr verging, dann noch eines. Jetzt waren sie zu fünft in der Familie.

An den Wochenenden fanden Unternehmungen statt, an denen die ganze Familie teilhaben konnte: Schwimmen in den Sommermonaten oder Schneewanderungen im Winter. Wenn die Temperaturen im Dorf auf minus fünfzehn Grad fielen, wickelten die Kinder Snusken einen kleinen Schal um den Hals. Im Mai nahmen sie an einem Dogcart-Rennen teil. Snusken trug ein Geschirr und zog Alfs und Helenes Wagen. Im selben Sommer gingen sie in der Bucht fischen, und Alf (Tormod) fing Rotaugen, die Snusken totbeißen und auf denen sie herumkauen konnte. Die Kinder schauten ihr zu, wie sie die Fische verschlang, und waren hingerissen von der Vorstellung, dass Snusken ganz tief drinnen ein Raubtier war. Tormod erzählte ihnen die Halbwahrheit, dass Elchhunde die Nachfahren des ursprünglichen norwegischen »Torfmooshundes« seien und dass alle Hunde vom Wolf abstammten. In den Köpfen der Kinder gab es keinen Zweifel: Snusken war ein Wolf.

Die Kleinkindphase war anstrengend gewesen für Siv, so gesehen war es gut, dass die Kinder größer und selbstständiger wurden. Allen war bewusst, dass Snuskens Ankunft in der Familie eine Art Wendepunkt gebildet hatte. Doch nach wenigen Jahren war Snusken ausgewachsen und weniger knuddelig. Siv begann sich an der Hündin zu stören. Es missfiel ihr, dass sie ins Haus durfte. Mit dem Gebell und Gehechel konnte sie nichts anfangen, und Hunde tragen ja auch einen gewissen Geruch an sich. Also überredete sie Tormod, die Luke zwischen der Hundehütte und dem Wohnzimmer mit einem stabilen Brett zu schließen. Die Kinder protestierten mit lautem Geschrei, aber Siv sei nicht umzustimmen, erklärte ihnen Tormod. Er verwies auf ihre Abmachung: Sie hatten sich den Hund unter der Bedingung angeschafft, dass er draußen gehalten werden konnte, und genau dort würde er bleiben.

Daraufhin schmuggelten die Kinder Snusken ab und zu in ihre Zimmer hoch, während Siv und Tormod dachten, die Hündin schliefe in ihrer Hütte. Natürlich vermissten die Kinder Snusken (»unsere Schwester«) in ihren Betten, wo sie oft übernachtet hatte, als sie kleiner war. Eines Nachts hörten sie draußen Geräusche, es klang wie das Heulen eines Babys. Wahrscheinlich ein Fuchs, meinte Tormod im Nachhinein, Füchse klingen wie jammernde kleine Kinder, wenn sie schreien, ein erbärmliches Heulen. In dieser Nacht lag Snusken unter einer Decke im Kinderzimmer, als die Laute von draußen sie aufschreckten. Sie fing an, wie wild zu bellen, und weckte das ganze Haus. Tormod packte die jaulende Hündin am Genick und schleifte sie die Treppe hinab, aber zu spät: Trotz ihrer Ohrstöpsel und der dicken Schlafmaske war Siv aus dem Schlummer gerissen worden. In Anbetracht ihrer Schlafprobleme war das eine Katastrophe. Wenn sie einmal aufwachte, konnte sie keinen Schlaf mehr finden. Jetzt würden andere Saiten aufgezogen, kündigte Siv an, und nach diesem Vorfall wurde das Kinderzimmer allabendlich inspiziert und Snusken dauerhaft in die Hundehütte auf der anderen Seite der mit dem Brett verschlagenen Luke verbannt.

An einem Frühlingstag, als Helene sieben und Alf zwölf Jahre alt war – Snusken war zu diesem Zeitpunkt seit vier Jahren bei ihnen –, geschah etwas Schreckliches. Die Kinder radelten wie gewohnt von der Schule nach Hause und hatten vor, mit der Hündin Gassi zu gehen und sie eine Weile ohne Leine laufen zu lassen, aber Snusken war nirgendwo zu finden. Zu ihrer Bestürzung sahen sie, dass die Leine im Flur hing. Snusken lief also frei herum. Wo konnte sie sein? Die Kinder suchten überall, drinnen und draußen, im Esszimmer und hinter der Garage. Sie rannten zu den Nachbarn und fragten, ob sie die Hündin gesehen hätten, aber niemand wusste etwas. Sie riefen zuerst Siv an, aber die war wie immer mit den Haaren ihrer Kunden beschäftigt und ging nicht ran. Tormod hingegen hob ab, und Alf und Helene schluchzten in den Hörer, dass Snusken nicht mehr da sei, die Leine hänge im Flur, das Haus sei leer. Snusken war weggelaufen.

5

SIE SUCHTEN ÜBERALL. Tormod überwand seine Abneigung gegen das Telefonieren und rief überall an. Hatte jemand den Hund gesehen? Nein, sagte man ihm. Die Kinder kopierten A4-Blätter mit Suchmeldungen und abreißbaren Telefonnummern und hängten sie in der Schule, im Laden und an Laternenpfählen aus. Sogar die Mädels aus dem Friseursalon hefteten einen mit Klebeband ans Schaufenster.

Doch Snusken kam nie zurück. Das war ein schwerer Schlag für die Familie Blystad, und ein Schritt in die falsche Richtung. Die Familienbande wurden schwächer, und erneut fing es an, im Gebälk zu knirschen. Die Familie hatte ihr fünftes, aber entscheidendes Rad verloren. Alf und Helene fiel nichts mehr ein, was sie miteinander spielen sollten, sie wurden wieder zu Fremden und zogen sich in ihre Zimmer zurück. Auch Tormod vermisste den Hund. Er hatte in dem Tier einen guten Freund gehabt. Wenn sie unter sich gewesen waren, draußen im Garten oder auf einem Spaziergang, hatte er stets mit Snusken gesprochen und ihr Fragen gestellt, wohl wissend, dass er keine Antwort bekommen würde. »Denkst du, wir sollten den Rasen mähen?«, hatte er beispielsweise gefragt. Oder: »Ist die Gerste im Spätsommer nicht schön?« Jetzt schwieg er, wenn er das Gras mähte und über die Felder blickte.

Siv war die Einzige, die Snuskens Verschwinden kaltließ. Für sie war die größte Veränderung, dass sie nun viel mehr Zeit im Haus verbrachte. Von nun an war sie öfter in der Sofaecke vor dem mächtigen Flachbildschirm zu finden, einen Latte und Kekse, dazu Chips oder Salzstangen in Reichweite. Neben sich auf dem Sofa hatte sie auch gern eine oder mehrere Schüsseln voller Marshmallows mit Schokoüberzug und saurer Gummibärchen stehen, nur für den Fall, dass es sie danach gelüstete. Alf sprach diesem Süßkram auch gern zu, und er bekam breite Hüften und dicke Pobacken, was für einen Zwölfjährigen zwar unpassend, aber für einen Dorfjungen heutzutage überhaupt nicht ungewöhnlich war. Er entwickelte eine Speckfalte über der Gürtellinie, und sein Nabel wurde tiefer. Für Tormod war es offensichtlich, dass Snuskens Verschwinden diesen Wandel verursacht hatte – Alf war traurig über den Verlust des Hundes, die Leere musste gefüllt werden, und als der Junge das Teenageralter erreichte, konnte man ihn durchaus als »pummelig« bezeichnen.

Helene behielt ihr Feuer, ihren Schwung, einen federnden Schritt, sie sprudelte vor Energie. Leider schwankte ihre Stimmung, in der Schule machte sie öfter Ärger, war frech und sturköpfig. Zusammen mit einer Freundin verstopfte sie in der Schultoilette ein Waschbecken mit Papierhandtüchern und drehte den Wasserhahn auf, sodass es eine Überschwemmung gab. Die Blystads wurden zum Lehrer zitiert. Ein andermal weigerte sie sich im Hausarbeitskurs hartnäckig, Safranmuffins zu backen. Sie schleuderte die

Tüte mit dem teuren Safran, den der Lehrer gekauft hatte, um dem Teig den richtigen Gelbton zu verleihen, auf den feuchten Küchenboden. Der Safran wurde nass und bildete eine gelbe Lache, fast wie Urin, und so gab es für die ganze Klasse zum Luciafest nur graue Muffins. Zu Hause half Helene ihrem Vater jedoch oft bei Reparaturen und anderen Arbeiten. Sie war unheimlich geschickt im Spachteln. Immer wenn sie ihre Hände benutzte, war sie munter und plapperte am laufenden Band über alles, was ihr gerade durch den Kopf ging. Tormod nickte und brummte und antwortete ausführlich, wenn sie nach konkreten Dingen fragte, wie: »Was sind Chromosomen?« oder: »Wozu braucht man ein Stemmeisen?«

Am liebsten war Helene in der Werkstatt, die Tormod immer weiter ausgebaut und in die er viel Geld investiert hatte. Sie war sein ganzer Stolz. Hier entdeckte sie das Modellieren. Der siebzig Quadratmeter große Raum bog in L-Form um den hinteren Teil der Garage, verfügte über einen separaten Eingang neben dem Carport und einen gut ausgestatteten Arbeitsbereich. Der untere Teil der Wände war mit glänzenden weißen Fliesen bedeckt wie in einer Autowaschanlage oder einer Schlachterei, wenn man so will, und den matten Betonboden hatte Tormod selbst gegossen und poliert. Über den Wandfliesen hatte er blaue stählerne Lochwände angebracht, an denen die Werkzeuge in perfekter Ordnung hingen – er achtete sehr auf seine Ausrüstung. Dazu hatte er eine Reihe von Schränkchen verschiedener Größen, einige schmale Fächer, ein kleines Set an Schubkästen für Schrauben, einen Werkzeugschrank und ein paar Regale für Geräte in bequemer Höhe montiert. Entlang der Ostwand verlief eine Werkbank aus Massivholz, die bei Bedarf gedreht werden konnte, und an der Nordseite stand ein robuster Schweißtisch, auf dem eine Schleifmaschine mit grobem Schmirgelpapier auf einer Scheibe und feinem auf einer anderen unter einer Abzugshaube angebracht war. Zwischen einem Industrieregal und der Serverecke hatte Tormod ein altes Werkzeugkarussell aufgestellt, ein Erbstück von seinem Großvater Torbjørn, Oscars Vater, der früher eine Metallwerkstatt auf seinem Bauernhof gehabt hatte. Und, ja, eine Serverecke: Hinter einer Trennwand hatte sich Tormod eine ansehnliche IT-Einrichtung zusammengebastelt, hier stand der Hauptserver des Hauses zusammen mit ein paar leistungsstarken, mit Programmen für 3-D-Formatierung und Open-Source-Software zur Fernsteuerung diverser mechanischer Gerätschaften ausgestatteten Computern. Ein 3-D-Drucker war auch an das Netzwerk angeschlossen, das neueste Modell. In einer Nische gegenüber der Serverecke hatte Tormod eine Töpferscheibe, die sich sozusagen am anderen Ende der Technologie-Skala befand, und einen Hocker aufgestellt. Rechts davon befand sich eine mit Kunststoff ausgekleidete Holzkiste zur Aufbewahrung von Ton. An der Wand über der Scheibe waren mehrere Halterungen und ein Regal befestigt. Dort verwahrte er drei Töpfe mit verschiedenem Handwerkszeug: Modellierstäbchen, Schlingen und andere Geräte zum Aushöhlen wie Schaber und Gummipinsel. Auf dem Regal standen außerdem eine schwere Ränderscheibe aus Stahl sowie eine Schüssel mit drei, vier Schwämmen.

Die Werkstatt diente als eine Art Hausmeisterkammer, wo Tormod alles herstellen konnte, was nötig war, um das Gebäude in Schuss zu halten. Aber es war auch der Ort, an den er sich zurückzog, wenn er ein wenig Zeit für sich brauchte. Dann vertiefte er sich in Themen, die ihn schon während seines Elektrotechnikstudiums interessiert hatten. Nachdem er den Abschluss vermasselt hatte, hatte er sich jahrelang auf eigene Faust weitergebildet. Tormod war fasziniert von Kinetik, Pharmakokinetik, Programmierung, Informatik, Robotik und so fort. Er hatte noch immer ein riesiges Aufnahmevermögen, wenn es um diese Fachgebiete ging, und die Regale in der Serverecke mussten ständig erweitert werden, um Platz für eine kleine, aber ständig wachsende Bibliothek mit Fachliteratur zu schaffen. Alle anderen mochten Tormod für einen Handwerker halten, aber er selbst betrachtete sich als Wissenschaftler.

Nach Snuskens Verschwinden betrieb er eine Art Wiedergutmachung, indem er die Kinder an den Wochenenden in die Werkstatt mitnahm. Oft nur Helene, aber Alf überwand sich gelegentlich auch (in der Regel zog Alf es vor, mit seiner Mutter im Wohnzimmer fernzusehen oder sich hinter einem anderen Bildschirm zu verkriechen). In der Werkstatt jedenfalls modellierten Tormod und die Kinder aus norwegischem weichem rotem Ton, den er besorgt hatte, kleine Figuren – Pferde, Katzen, Eichhörnchen.

Tormod meinte, es könnte ihnen helfen, die Trauer über den Verlust zu verarbeiten: Als kämen sie durch das Töpfern über ihre Sehnsucht nach Snusken hinweg, zumindest dachte er das. Er war sehr geschickt im Umgang mit Ton und zeigte den Kindern, wie sie es machen mussten. Alfs

Tiere waren meist plump und steif und hatten ausdruckslose Gesichter, während Helenes Kreationen originell und fein ausgearbeitet waren.

Hinter der Garage baute Tormod einen einfachen Ofen, im Prinzip eine Art Raku-Ofen. Dazu schnitt er ein Ölfass oben ab, isolierte es innen, fügte ein Abzugsloch und einen Griff hinzu und bohrte eine kleine Öffnung für einen Temperaturfühler hinein. Unter dem Deckel befestigte er ein paar Stützbeine aus verzinktem Lochblech, damit das Gras nicht versengt wurde, wenn sie den Deckel öffneten und ablegten. In diesem Herbst heizten er und die Kinder (vor allem Helene) den Ofen an etwa jedem zweiten Wochenende an und brannten die Figuren, die sie aus Ton geformt hatten. Vater und Kinder hockten auf dem Hang hinter der Garage und genossen die Hitze des Ölfasses, meist einen Becher Kakao neben sich, bis sie mit einem langen Eisenhaken, den Tormod extra dafür angefertigt hatte, die weiß glühenden Figuren eine nach der anderen herausholten. Dann reihten sie die Figuren zum Abkühlen auf einer Planke, die Tormod auf seinen Schultern balancierte und in der Werkstatt vorsichtig auf zwei Regalhaltern abstellte. Nach sechs Monaten hatten sie eine riesige Sammlung von Tiergestalten an der Wand, und sie waren stolz auf ihr Werk: Schweine, Kühe, Schafe und Ziegen, eine Giraffe, Tiger, Mäuse, zwei Wiesel und ein Hase sowie mindestens zwölf Versionen von Snusken. Kam Siv jemals vorbei, um sich ihre Arbeiten anzusehen? Wer weiß.

An einem Freitagnachmittag war der ungeschickte Alf nicht bei der Sache. Er griff nach einem frisch gebrannten Pferd viel zu früh, als es noch glühend heiß war, und verbrannte sich seine kleinen Wurstfinger. Was gab das für ein Gebrüll! Das Pferd, das aussah wie ein Mustang, landete auf Alfs Schoß und verbrannte ihm die Innenseiten beider Schenkel, bevor es zu Boden fiel, wobei drei seiner vier Beine abbrachen. Helene weinte, weil es ihre Figur war, aber Alf übertönte seine kleine Schwester mühelos. Alle zehn Fingerspitzen waren krebsrot, und seine Oberschenkel sahen noch schlimmer aus. Tormod packte den Jungen am Arm, zerrte ihn ins Haus und weiter ins Bad. Alfs Jaulen störte Siv beim Fernsehen, und da reagierte sie endlich. Oh, und wie sie reagierte.

Sie sprang auf. Ein dunkelrosa Zornesfleck wuchs auf der Brust über dem Kragen ihrer weiten Bluse, kletterte an beiden Seiten ihres Halses empor und breitete sich über ihre Wangen aus. Siv war jetzt hochemotional, so viel war klar. Ein paar Sekunden vergingen, während sie auf der Fernbedienung nach der Pausentaste suchte, aber sobald das Bild zum Stillstand kam, quollen die Worte wie ein Wasserfall aus ihr heraus. Sie habe nur darauf gewartet, dass so was passiere, ein Unfall in der Werkstatt. Verbrennungen seien die schlimmsten Verletzungen überhaupt. Und Alfs Volleyballturnier am Donnerstag? War es zu viel verlangt, am Wochenende mal seine Ruhe zu haben (sie zeigte auf die Badezimmertür, hinter der Alf seine Hände ins kalte Wasser hielt und mit langen, bebenden Schluchzern heulte)? »Eine Werkstatt voller Werkzeuge und glühender Kohlen ist kein Ort für Kinder!« Sie dürften diesen verdammten Ort nie mehr betreten, sagte sie (sie nannte Tormods Werkstatt einen »verdammten Ort«). Tormod müsse sicherstellen, dass es keine *Pannen* mehr in der Familie gebe, *was zu viel ist, ist zu viel*, schrie sie. Könne ihr Leben nicht einfach *normal* sein? »Ich rufe Anita an«, sagte sie. Und so rief sie ihre Freundin Anita an, und Anita kam vorbei, um die Lage zu besprechen und vielleicht sogar einen oder zwei feine Drinks zu sich zu nehmen, etwas Weißes. Ein Teekränzchen mit Gläsern, randvoll mit etwas Weißem statt Tee.

Während Tormod ein feuchtes Tuch auf Alfs Hände legte, Eis darauf packte und das Ganze mit Frischhaltefolie umwickelte, um die Wunden abzukühlen – er riet Alf, die Hände in der Folie zwischen die Schenkel zu klemmen, damit das Eis auch die Verbrennungen dort bedeckte –, hörte er, wie Siv und Anita loslegten. »Er ist letztes Jahr irgendwie schnell gealtert«, sagte Siv über ihren Vater. »Und jetzt beginnt er, beim Gehen zu schlurfen.« Anita erzählte ihr dann von etwas, das sie gehört hatte: »Wenn ein Teenager nicht trinkt, liegt das angeblich daran, dass er in keine sozialen Situationen gerät, in denen getrunken wird. Mit anderen Worten: Wenn ein Teenager *nicht anfängt zu trinken, ist das ein Zeichen dafür, dass es ihm nicht gut geht*. Das ist irgendwie traurig, oder?« Siv schoss zurück, dass Alf (der jetzt ins Bett gegangen war, wo er mit geröteten Augen stumpf auf sein Tablet starrte), in letzter Zeit immer seltener zum Volleyball gehe, und jetzt mit diesen Verbrennungen … Anita könne von Glück reden, dass Tom (Anitas Sohn) so aktiv sei. »Wir schaffen es kaum, Alfs Bildschirmzeit in den Griff zu bekommen«, erklärte Siv. Danach gingen sie zum nächsten Phänomen über: Streptokokken. Es fiel das Wort »verstaucht«. Wenig später »Leberentzündung«. Es dauerte nicht lange, bis »Stent« und »der Stent«

erwähnt wurden. Gefolgt von »Einlauf«. Und schließlich kam unvermeidlich das Wort »Krebs« zur Sprache. »Hat Krebs«, sagte jemand. Da wären wir bei Krebs, dachte Tormod.

Helene hatte gehört, wie Siv die Werkstatt verfluchte, und als sie ins Bett ging, fragte sie Tormod kleinlaut, ob es wahr sei, dass sie keine Tonfiguren mehr töpfern dürften. Tormod setzte sich auf die Kante ihres kleinen Betts, das unter seinem Gewicht knarrte. Er hatte die Ärmel seines Flanellhemds hochgekrempelt, und Helene musterte die dicken Unterarme ihres Vaters, die schwer auf seinen Knien ruhten. Die dicken Adern unter seiner gebräunten Haut teilten Tormods Arme in mehrere Flächen. Helene liebte es, sie anzusehen. Wenn er mit seinen Händen arbeitete, beobachtete sie oft, wie die Sehnen unter seiner Haut ruckten und zuckten, aber nun hingen die Hände schlaff und untätig herab. »Natürlich können wir noch in die Werkstatt«, sagte Tormod zu seiner Tochter. »Wir müssen nur eine Weile warten, bis es Alf besser geht.« Da fing Helene an zu schluchzen, und sie sagte, dass sie Snusken so schrecklich vermisse, dass sie niemanden zum Spielen habe. »Ich weiß«, sagte Tormod und drückte sie fest an sich. Ein warmes, hartes Gefühl in der Brust schnürte ihm die Stimme ab. »Ich weiß, mein Spatz.«

6

AN JENEM ABEND ging Tormod in seine (von Siv) verdammte Werkstatt und bereitete einen Teig zu. Sivs Freundin Anita fuhr irgendwann nach Hause zu Ehemann und Kindern; es war Wochenende, da gab es mexikanischen Eintopf zum Abendessen. Feierlich ließ Siv sich ein heißes Bad mit ätherischen Ölen ein und versank darin. Alf tröstete sich mit einem steten Strom hyperaktiv herumwirbelnder Bilder auf seinem Tablet, und Helene hatte sich nach den Turbulenzen des Tages bereits schlafen gelegt.

Was ist mit Teigzubereitung gemeint? Es war ja kein Brotteig, den Tormod machte; den hätte er in der Küche angerührt. Nein, es war eine andere Art von Teig. Tormod hatte sich ausgiebig über etwas informiert, das als *dynamischer Ton* bekannt war, und er wollte etwas austesten, eine Probe herstellen. Mehreren Quellen zufolge gab es angeblich zwei Arten von Ton, die mit synthetischem Dünger reagierten und unter den richtigen Bedingungen »aufgehen« und dynamischer werden könnten als normaler platter, toter Ton. Tormod war neugierig. Roten Ton zum Modellieren hatte er bereits, und unter den Kompostsäcken lagen zwei Tüten mit Dünger. Er hatte sogar einen Mixer. Er schlug noch einmal das nach, was er gelesen hatte, und gab vier

Kilo roten Ton in den Mixer, dazu die richtige Menge Dünger, eine Prise Backpulver und einige feine Metallspäne, die den natürlichen Eisengehalt des roten Tons steigern würden. So sollte es laut Lehrbuch sein. Ein Mixer mischt, knetet, teilt, faltet, presst, häckselt und zerdrückt einen Teig oder ein Material zu einer gleichförmigen Masse, und genau das tat Tormods Mixer jetzt. Die Maschine bestand aus einem Motor und einem rotierenden offenen Metallbehälter sowie zwei krummen Armen, die sich, angetrieben vom Motor, in einer Kurvenbewegung durch den Tonklumpen wühlten. Der leistungsstarke Elektromotor gab ein tiefes Brummen von sich, und Tormod beschloss, ihn laufen zu lassen – der Ton musste gut durchgeknetet werden, idealerweise zwei Stunden oder länger, so hatte er es gelesen.

Er ging an Siv vorbei, die sich frisch gebadet und ölig auf der Couch fläzte, stieg die Treppe hoch und klopfte leise an Alfs Tür. Er wollte sehen, wie es dem Jungen ging. Alf sagte herein, sah aber nicht auf. Er hatte seinen pummeligen Körper vor dem Computer positioniert und spielte ein Ballerspiel, einen komplexen sogenannten Ego-Shooter. Auf dem Monitor war so viel los, dass Tormod, der mit viel einfacheren Grafiken aufgewachsen war, nicht wusste, wo oben und unten war. Die Welt, durch die Alf mit Leichtigkeit zu navigieren schien, ergab überhaupt keinen Sinn. Die Bilder waren realistisch und bemerkenswert detailreich, doch die Szenerie und die Charaktere darin waren völlig grotesk – eine verrückte Mischung aus Kriegsdokumentation, Anime, Spaghetti-Western und einer Art WoW-Strategiespiel mit Anklängen an eine ausgefeilte Blade-Runner-artige Science-Fiction-Ästhetik: Neonlichter und dystopischer

Dauerregen über schmutzigen zeitgenössischen Gebäuden, errichtet auf einer brutalistischen Architektur, die wiederum auf riesigen modernistischen Strukturen stand, und darunter schienen sich stereotype mitteleuropäische Wohnblöcke zu befinden, es war also eine Art »Architektur-Schichtkuchen«, mit anderen Worten: ein Wirrwarr in Tormods Augen. Die Figur, die Alf steuerte, ähnelte einem zwei Meter großen Ork, zugleich war es eine Frau, die aus den Nähten zu platzen schien und überall glänzte. Ihr Rücken war breit wie ein Scheunentor, und sie stand auf zwei außergewöhnlich großen Füßen. Sie, der Ork (Alf), schoss und bewegte sich mit halsbrecherischer Geschwindigkeit durch diese verwirrende Szenerie. Sie (Alf) wechselte schneller die Waffen, als Tormods Synapsen es registrieren konnten. Offenbar verwendete sie (Alf) auch eine Reihe magischer Formeln, denn ständig wurde etwas aufgeladen, sichtbar an den Balken und Anzeigen am Bildschirmrand; sie stiegen immer wieder hinauf zum Maximum, auf 100 Prozent, was zu Explosionen und wirbelnden Kugeln aus Gas, Magie, Flammen, Gammastrahlen und pulsierenden Stromstößen führte, die alles um sie (Alf) herum in Schutt und Asche legte.

Um spielen zu können, hatte Alf die feuchten Tücher von seinen Händen gelöst und auf den Boden fallen lassen. *So schlimm* kann es doch nicht um seine Fingerkuppen bestellt sein, dachte Tormod. Den Eisbeutel hatte er noch zwischen den Schenkeln, und dessen Inhalt hatte zu schmelzen begonnen, sodass sich eine Pfütze unter seinem Stuhl bildete – einem bequemen Schreibtischstuhl mit Federung, perfekt zum Spielen. Während Tormod sich bückte und mit den Tüchern die Pfütze unter seinem Sohn aufwischte, fragte er ihn, wie es den Verbrennungen gehe. Alf antwortete geistesabwesend, mit einer leicht weinerlichen Stimme, dass seine Hände in Ordnung seien, die Oberschenkel aber »mega« wehtäten. Tormod nahm den Eisbeutel, inzwischen ein Wasserballon, von seinem Schoß und ging in die Küche hinunter. Er legte die Tüte in den Gefrierschrank, steckte zwei neue Eiswürfel in einen Sandwichbeutel, holte eine Tube Salbe und ging zurück nach oben. Als er auf halbem Weg war, fragte Siv nach Alf und Tormod antwortete kurz, dass alles in Ordnung sei. Er sah, wie Siv nach ihrem Handy griff und bei eingeschaltetem Tastenton mit rasender Geschwindigkeit eine Nachricht tippte. Es klang wie ein sich drehendes Glücksrad. Anita würde gleich erfahren, dass es Alf gut ging. Drei Sekunden später deutete ein *Pling* darauf hin, dass Siv eine Antwort erhalten hatte.

Man darf ein Kind nicht einfach unterbrechen, wenn es ein Computerspiel spielt. Das hatte irgendjemand einmal zu Tormod gesagt, vielleicht im Netiquette-Kurs an der Fachhochschule, und das war ihm seitdem in Erinnerung geblieben. Ein Kind aufzufordern, sofort mit dem Spielen aufzuhören, sei dasselbe, als von einem Mann zu verlangen, er solle ein Fußballspiel nach achtzig Minuten ausschalten – mit anderen Worten: völlig absurd. Praktisch ein Akt der Gewalt.

Die allgemeine Faustregel lautet: warten, bis eine Action-Sequenz vorbei ist und eine Gelegenheit kommt, in der das Kind auf Speichern klicken oder das Spiel beenden kann. Tormod stand geduldig da, beobachtete den Bildschirm und versuchte, eine natürliche Pause im Spiel zu erkennen. Es war nicht einfach. In den Transportphasen ging es drunter und drüber. Tormod selbst war fast zwei Meter groß, 1,95 ohne Schuhe, und vom rein anatomischen Standpunkt aus war er nicht viel anders gebaut als der weibliche Ork (Alf), der mit der Waffe in der Hand auf dem Bildschirm herumstürmte, obwohl er natürlich nicht so karikaturhaft aussah und bei Weitem nicht so glatt und ölig. Unter seinem Overall hatte Tormod einen reifen, schweren, muskulösen, blassen, müden, aber *harten* und in jeder Hinsicht zähen Männerkörper, der ihn mit allem versorgte, was er brauchte. Ja, er war Paradebeispiel eines toughen, aber bis zur Erschöpfung strapazierten männlichen Körper als Objekt der Begierde. Nicht, dass es in diesen Tagen im Haus der Blystads noch viel Begierde gegeben hätte. Zeitweise war Tormod ein beinahe rührendes Beispiel für Erschöpfung.

Was man verstehen muss, als er dort stand, massiv wie eine Eiche in der Mitte von Alfs Zimmer, ist Folgendes: Obwohl Tormod in der Lage war, ein funktionierendes Wohnzimmer mit allem nötigen Drum und Dran zu bauen und Glasfaserkabel durch das Haus zu verlegen – und das Ganze sogar mit dem Server in der Werkstatt zu verbinden und dafür zu sorgen, dass das Netzwerk reibungslos lief –,war er ein durch und durch analoger Mensch. Alf hingegen, dessen Finger gerade eben noch so wund gewesen waren und jetzt über die Tastatur rasten oder die Maus mit irrer Präzision führten, war durch und durch digital, ein *Digital Native*, wie man sagt. Digital zu sein, ist eher ein Wesenszustand als eine Fähigkeit, die man erwerben kann. Es ist nichts, was man sich aussucht. Tormod kannte sich mit Computern aus, aber er war nicht *digital*. Tormod arbeitete mit den Händen.

Der welpenhafte digitale Alf saß selbstbewusst da, den Mund halb offen, mit dem Rücken zu seinem Vater, und manövrierte sich durch die posthumane Landschaft, bis er eine Stelle erreichte, wo ein zerstörtes Flugzeug lag. Er unterbrach das Spiel und speicherte seinen Fortschritt, dann nahm er das Headset von seinem breiten Schädel und kreiselte auf dem Stuhl herum. »Was is?«, fragte er. Tormod legte den frischen Eisbeutel in den Schoß seines Sohnes und schob ihn zwischen die molligen Oberschenkel. »Nichts. Ich wollte nur Gute Nacht sagen.«

7

TORMOD SCHRECKTE aus dem Schlaf auf. Es war vier Uhr morgens an einem Samstag, und Siv schlief mit dem Rücken zu ihm, nah an der Bettkante. Im Mondlicht sah ihr Rücken aus wie ein breiter ungebackener Brotlaib. War das Angst, was Tormod da beschlich? Ein nagendes Gefühl. Hatte er etwas vergessen? Er stand leise auf, wollte Siv auf keinen Fall wecken. Der Teppich im ersten Stock dämpfte seine Schritte, als er auf Zehenspitzen zu Helenes Zimmer schlich. Er drückte ein Ohr an die Tür. Es war mucksmäuschenstill, aber er wollte sein Mädchen sehen und gab der Tür einen Stoß. Sie schwang lautlos auf – Tormods Türen knarrten nicht –, und da war sie, tief schlafend, seine geliebte Tochter, fast unglaublich schön. Mit zusammengekniffenen Augen starrte er sie an, bis er die leichten Atemzüge sah, durch die sich die gestreifte Bettdecke in einem gleichmäßigen Rhythmus hob und senkte. Ihre kleinen Lungen arbeiteten ganz von alleine.

Tormod tappte an Alfs Zimmer, dem Spielzimmer, vorbei und die Treppe hinunter. Das Wohnzimmer war verlassen. Siv war lange nach ihm ins Bett gekommen – sie wolle noch eine Folge gucken, hatte sie gesagt. Sie sei nicht müde, und es sei schließlich Freitagabend, da könne sie sich doch wohl ein bisschen Vergnügen gönnen. Auf dem Couchtisch sah er die Überreste ihrer Orgie. Ja, Siv hatte eine kleine Fressorgie veranstaltet. Eine farbige Glasschüssel mit Kartoffelchipskrümeln auf dem Boden. Eine Palette mit Coke-Zero-Dosen. Eine offene Packung Lakritzschlangen mit zwei Schlangen daneben. Sonst war das Wohnzimmer wie ausgestorben. Tormod ging in die Küche, sie war ebenfalls verlassen, nur der Kompressor im Kühlschrank summte. Von der Küche aus führte nach amerikanischem Vorbild eine Tür in die Garage. Man konnte direkt zum Auto gehen, oder umgekehrt direkt in die Küche, was beim Einkaufen nützlich wäre, hatte er sich überlegt. Tormod erledigte den größten Teil der Einkäufe und schleppte die Taschen, und diese Lösung bescherte ihm jeden Tag ein Gefühl der Befriedigung. In der Garage war nichts, nur der Kombi stand da, dunkel, wie ein großer glänzender Schuh. Aber hörte Tormod nicht ein Geräusch? Ein stetiges mechanisches Surren? Von der anderen Seite, durch die Tür zur Werkstatt, drang ein Brummen herüber. Er umrundete das Auto, strich mit zwei Fingern kurz über die Motorhaube und betrat die Werkstatt. Die Luft roch feucht.

Natürlich, der Mixer. Tormod hatte vergessen, ihn auszuschalten. Wenigstens ist der Ton ordentlich durchgeknetet, dachte er und tastete am Türrahmen entlang nach dem Lichtschalter. Die Leuchtstofflampen erwachten hell flackernd zum Leben. Der Mixer wummerte gehorsam und wälzte den Ton. Tormod ging darauf zu. Hatte der Ton seine Farbe geändert? Wirkte er nicht röter, einen Tick dunkler? Und war er nicht ein bisschen gewachsen? Ja, dachte Tormod. Er drückte den Aus-Knopf und kippte den Kopf des

Mixers geschickt zurück, damit er den Metallbehälter herausholen konnte. Er starrte hinein. Der Behälter fasste zehn Liter, wie ein Standardeimer, und er hatte vier Kilo Ton hineingegeben. Trotzdem war der Behälter jetzt mehr als halb voll. Der Ton war aufgegangen, so viel war klar. Erstaunt steckte Tormod einen Daumen in den Ton. In diesem Moment passierte etwas: Sein Daumenabdruck verschwand sofort, als wäre der Ton wirklich ein Teig. Bekanntermaßen ist das Hauptmerkmal von rotem Ton seine stabile Konsistenz, die Art und Weise, wie er eine Form annimmt und sie dann beibehält. Drückt man in einen Tonklumpen hinein, beispielsweise mit dem Daumen, bleibt der Abdruck sichtbar – dies ist die wundersame Eigenschaft von Ton. Aber Tormods Daumenabdruck verschwand, als wäre er nie da gewesen.

Tormod hielt den stählernen Behälter in beiden Armen. Er starrte hinein und hob ihn dicht an sein Gesicht. So stand er eine Weile da, die Nase im Behälter, ganz nah am Ton – oder Teig. Feuchtigkeit legte sich auf sein kantiges Gesicht. Er nahm einen leichten Hefegeruch wahr – bedeutete das etwa, dass die Masse darin gärte? Er stellte den Behälter auf den Boden und bedeckte ihn mit einem Handtuch. Unter dem Betonboden war eine Fußbodenheizung – er hatte sie natürlich selbst installiert, sie war auf neunzehn Grad eingestellt. Etwas zu warm für eine Werkstatt, aber perfekt, um einen Teig gären zu lassen, dachte Tormod.

Es war ein heller Samstagmorgen, und Tormod erwachte auf dem Sofa. Er hatte sich dort hingelegt und ein paar Stunden am Stück tief und fest geschlafen. Siv arbeitete an diesem Tag im Friseursalon, er würde also einige Zeit alleine mit den Kindern verbringen. Darauf hatte er sich gefreut und konnte es kaum erwarten. Tormod machte ein herzhaftes Frühstück mit weich gekochten Eiern – alle außer Siv mochten den Dotter flüssig; sie aß zu ihrem Kaffee, genauer gesagt ihrem Caffè Latte, bevorzugt gut geröstetes Brot und Käse, besonders *Brunost*. Tormod toastete das Brot und schäumte die Milch auf. Um halb neun ging er nach oben, zuerst in Helenes Zimmer. Sie war bereits wach und kämpfte sich durch ein Buch mit Groß- und Kleinbuchstaben. Sie lächelte breit, einige Zähne fehlten. Die gesamte vordere Reihe sogar, was Helene ein bisschen wie ein Nilpferd aussehen ließ, wenn sie grinste. Sie weigerte sich entschieden, an die Zahnfee zu glauben, und bewahrte ihre Milchzähne in einer kleinen Dose auf. Sie wollte nicht verraten, ob sie Schmuck oder etwas anderes daraus machen wollte, aber jedenfalls kam es für sie nicht infrage, ihre Zähne gegen eine Handvoll klingender Münzen einzutauschen, das lehnte sie rundweg ab.

Alf schlief noch wie ein Stein, und Tormod weckte ihn mit vorsichtigem Schütteln und leiser Stimme: »Guten Morgen, Alf.« Alf grunzte. In Sivs Zimmer, das genau genommen auch sein Zimmer war, öffnete Tormod behutsam die Vorhänge, die den Raum in Dunkelheit gehüllt hatten, und verkündete die Uhrzeit: acht Uhr dreißig. Durch Siv ging ein Ruck, und sie drehte sich um. Ihre seidige Schlafmaske rutschte hoch und glitt langsam immer höher, bis sie wie ein kleiner Hut auf ihrem Kopf saß. Siv blinzelte in seine Richtung und sagte: »Guten Morgen«.

Nach dem Frühstück, gegen halb zehn, packte Siv ihre

Tasche und fuhr mit dem Kombi durch die dichten Häuserzeilen mit mindestens zehn Stundenkilometern über dem Tempolimit zum Salon im Dorfzentrum – eine Strecke, die sie leicht hätte zu Fuß gehen können, aber nein. Und während die Kinder Tormod halfen, den Tisch abzuräumen, verkündete er, dass er ihnen heute etwas Interessantes zeigen werde. Etwas Besonderes. Aber da es in der Werkstatt sei, dürften sie Mama nichts sagen, weil sie vereinbart hätten, dass sie sich von dort fernhalten mussten, zumindest bis Alf wieder gesund war. Helene hüpfte auf und ab, und Alf fragte, was es sei. »Ich zeige es euch«, sagte Tormod und schenkte sich eine Tasse Filterkaffee ein, die er in die Werkstatt mitnahm.

Zu Tormods größter Überraschung war der Ton – oder Teig – noch weiter aufgegangen. Er schnappte unwillkürlich nach Luft. »Was ist das?«, fragten die Kinder. »Ich habe den roten Ton zum Wachsen gebracht«, sagte Tormod. Mit einer Art großem Spatel klatschte er ihn auf die Arbeitsplatte. »Passt auf«, sagte er und drückte seinen Daumen in den Ton. Die entstandene Delle verschwand sofort wieder, noch schneller als in der Nacht zuvor. Er nahm ein Modelliermesser aus dem Topf und schnitt für jedes der Kinder ein halbes Kilo Ton ab. Die Schnittflächen schlossen sich wie die Hälften einer Muschel.

Die Kinder machten sich an die Arbeit und beobachteten entzückt, wie sich die Figuren, die sie formten, ausdehnten und kugelig und rund wurden. Es war unmöglich, den Ton stabil zu halten. Innerhalb von fünfzehn, zwanzig Sekunden verwandelte sich jeder Hund, jeder Adler, jede Schlange und jede Schildkröte in einen unförmigen

Klumpen. Helene und Alf sahen zu, wie ihre Figuren sich wie von selbst zusammenzogen und dabei eine Reihe von komischen Gesichtsausdrücken annahmen. Alf modellierte ein verhungerndes Schwein, wie er sagte, aber es könne sich jetzt satt fressen, meinte er. Er stellte die Schachtel mit Metallspänen, die sie gemeinsam nutzten, unter das Maul des Schweins – ein provisorischer Futtertrog –, und Helene bog sich vor Lachen, als das Schwein sich aufblähte und fett und schön wurde. »Jetzt bist du satt, fettes kleines Schweinchen«, sagte Alf. Helene lachte und lachte.

Tormod und die Kinder verbrachten den ganzen Vormittag damit, mit großem Spaß Gestalten zu kreieren, die sich langsam ausdehnten, glätteten und deformierten. Sie waren so fasziniert davon, dass sie beinahe vergaßen, zu Mittag zu essen. »Darf ich den Großen streicheln?«, fragte Helene, bevor sie in die Küche gingen, und Tormod erlaubte ihr, den weichen, warmen Tonklumpen, der auf der Werkbank lag, zu tätscheln. Während sie ihre fettigen Käsesandwiches aßen, kamen sie überein, dass dies ihr kleines Geheimnis sein würde, dass Mama nichts von ihrem neuen Freund, dem roten Tonklumpen, zu erfahren brauchte. Alf und Helene hatten ihre helle Freude an diesem Geheimnis und versprachen mit aufs Herz gepressten Händen, zu schweigen wie ein Grab. (Tormod selbst log nicht. Er hatte Siv nie etwas erzählt, das nicht stimmte. Und auch wenn er den Kindern gegenüber recht wortkarg war, sagte er stets die Wahrheit. Aber als er sah, wie glücklich seine Kinder plötzlich waren und wie einträchtig sie sich um den Tonklumpen in seiner Werkstatt scharten, hinterfragte er unversehens sein Bedürfnis, immer völlig ehrlich zu sein.)

8

IM FOLGENDEN FRÜHJAHR verbrachte Tormod mehr und mehr Zeit in der Werkstatt, die er nun zusammen mit seinem Vater als Blystad & Sohn betrieb. Tagsüber zimmerte und tischlerte er, abends aß er mit Siv und den Kindern und beteiligte sich an ihren harmlosen Gesprächen. Doch sobald der Abwasch erledigt war, schlich sich Tormod in die Werkstatt. Er las weiter viel über Ton und wie man ihn am besten bearbeitete. Er fügte verschiedene Zutaten hinzu, die angeblich nützlich sein konnten. Der Teig blieb elastisch, der »Gegendruck« verschwand nicht. Tatsächlich setzte sich die seltsame Reaktion fort, die begonnen hatte, nachdem er den Kunstdünger, die Metallspäne und nicht zuletzt das Backpulver hinzugefügt hatte.

Wenn Siv an den Wochenenden im Salon Haare schnitt, kamen die Kinder heimlich zu ihm in die Werkstatt und spielten mit ihrem halben Kilo Ton. Diese Beschäftigung erhielt mit der Zeit immer neue Facetten. Helene und Alf kamen einander durch ihre Kreationen wieder näher und dachten sich gemeinsam Geschichten aus. Tormod steuerte Requisiten dafür bei und bastelte beispielsweise einen kleinen Tisch zusammen, wenn sie einen benötigten. Einmal wollten sie eine Kinderkrippe, und Tormod baute schnell eine. Bei einer anderen Gelegenheit brauchten sie einen Kran, um die Tonklumpen von einer Seite eines »Abgrunds« auf die andere zu heben, und Tormod zimmerte im Handumdrehen einen funktionierenden Kran, der mit Draht und einer Angelrolle als Winde ausgestattet war. So ging es mehrere Wochen lang, und der Ton wurde zum Ausdruck von Tormods Liebe zu seinen Kindern, zum Liebesbeweis, wie die Amerikaner es wohl formulieren würden.

Tormod hatte in mehreren Quellen gelesen, dass es verschiedene Möglichkeiten gab, dem Ton Stickstoff zuzusetzen. Bisher war die einzige Nitratquelle seines Tons der synthetische Dünger, aber die einzelnen Tonsorten nahmen den Stoff offenbar unterschiedlich auf, je nach Herkunft. Könnte die Aufnahme durch andere Stickstoffverbindungen verbessert werden?, fragte sich Tormod. Er hatte einheimischen Ton benutzt, und das brachte ihn auf eine Idee: Sein Grundstück grenzte an eins der großen Felder nördlich des Dorfes, und er wusste, dass es dort einen der besten Humusböden des Landes gab. Mit anderen Worten: Wenn man tief genug grub, gelangte man zu einer Erdschicht mit hohem Lehmgehalt, wie in vielen der besten Anbaugebiete Norwegens. Seit Urzeiten war der Boden Råsets Lebensgrundlage. Ohne die Erde und die Landwirtschaft gäbe es kein Råset. Der Erdboden war die Seele des Dorfes, und in diesen Boden, der mit abgefallenen Blättern und fauligen Zweigen mehrerer Tausend Jahre angereichert war, pflanzte Tormod alljährlich Gemüse. Seit Menschen auf diesem flachen Land lebten, wurde die Erde kultiviert, umgepflügt, gedüngt und bestellt. Die Råseter hatten den Boden gehegt und gepflegt, und Regenwürmer und andere

Lebewesen hatten die verrotteten Pflanzenreste in Humus verwandelt. Humus ist der lateinische Name für Boden, er befindet sich im obersten Bereich des Bodenprofils. Er besteht aus organischen Materialien und verleiht der Erde ihre charakteristische dunkle Farbe. Zufällig war der Boden hinter Tormods Haus besonders dunkel, fast grau.

Tormod wusste, dass guter Humus negativ geladene Ionen (wie das oben erwähnte Nitrat) binden kann, und er hatte die Idee, ein kleines Erdbett für seinen Tonklumpen zu schaffen. So konnte der Ton alles aufsaugen, was er brauchte, dachte er, und Nitrate anders aufnehmen als durch einfaches Hineinkneten. Also machte er sich ans Werk. In einer Ecke seiner Werkstatt baute er einen kleinen Rahmen von etwa 1 x 1,5 Metern, und dann ging er hinters Haus, um seinen ersten Spatenstich auszuführen. Tormod füllte Eimer mit feinster Erde und schleppte immer zwei gleichzeitig in die Werkstatt, bis das Erdbett fertig war. Er grub in mehreren Runden, zwischendurch sogar mit den Händen. Ja, mit seinen Händen füllte er die Eimer mit Humus und zerbröckelte die Klumpen zwischen seinen Fingern. Der Boden hinter dem Haus war fruchtbar, kompakt und lehmig. Anständiger Humus kann eine Menge Wasser aufnehmen, bis zu 80, 90 Prozent seines Eigengewichts, und Tormod weichte die Erde in dem Holzrahmen gründlich ein, wodurch sie schön feucht wurde. Sobald die Erde ausgelegt war wie eine dunkle Matratze, kratzte er den roten Tonteig aus dem Mixer, in dem er ihn aufbewahrt hatte, und legte ihn auf die Matratze, sozusagen eine Art Couch, ein Kobel, oder eben ein Bett. Der Tonklumpen breitete sich sanft über die Erde, und Tormod ließ ihn dort liegen.

In den folgenden Tagen erwies sich Tormods Plan als bemerkenswert effektiv. Der Klumpen entwickelte eine schöne feste Geschmeidigkeit. Tormod war überzeugt, dass sich die Qualität des Materials verbessert hatte, seit es auf dem Erdbett lag, und daher ließ er es dort. Einmal in der Woche wechselte er die Erde. Er schaufelte den alten Boden aus dem Kobel und leerte die Eimer neben dem Komposthaufen aus. Dann hob er mit dem Spaten und den Händen frischen Humus auf der Wiese hinter der Werkstatt aus und kippte ihn in den Kobel. Zuletzt legte er den Tonklumpen vorsichtig zurück auf die Matratze (das Bett, den Kobel). Wieder und wieder. Ein leicht muffiger Geruch – wie von einer Bakterienkultur – erfüllte allmählich die Werkstatt. Nach vier Wochen war Tormod überzeugt, dass der Ton ein kräftigeres Rot angenommen hatte. Er montierte eine Kamera auf ein Stativ und begann, täglich ein Foto zu machen, um die Entwicklung zu verfolgen. Und ja, als er nach weiteren zwei Wochen die Bilder durchsah, konnte er deutlich erkennen, dass sich die Farbe des Tons verändert hatte, dunkler und feuriger geworden war, fast wie Rost oder Blut.

Weil Tormod die Erde so oft austauschte, wuchs bald ein beträchtlicher Hügel neben dem Komposthaufen, und hinter dem Haus tat sich ein richtiger Graben vor den Feldern am nördlichen Grundstücksrand auf. Wann immer sie konnten, schlichen sich Helene und Alf in die Werkstatt und bekamen ihr halbes Kilo Ton zum Spielen. Sie hatten eine Reihe von Geschichten erfunden, die sie unterbrachen, wenn sie gingen, und wiederaufnahmen, sobald sie den Ton wieder in den Händen hielten. Die drei – Tormod und die beiden Kinder – genossen diese friedlichen Stunden in der

Werkstatt, es waren ruhige und ganz besondere Momente. Tormod spürte ein Gefühl der Erfüllung, und er forschte stundenlang, wie er seinen Ton weiter verfeinern und verbessern konnte, damit seine Zeit mit den Kindern noch intensiver würde, noch reifer.

Er suchte überall und informierte sich ausführlich über synthetische Tone. Es dauerte nicht lange, bis er auf ein deutsches Labor stieß, das sogenannte responsive Plastilintypen für Koh-I-Noor und Jova entwickelt hatte. Diese beiden Hobbybedarfs- und Spielzeugfirmen vertrieben diverse Arten von magnetischem Kitt, Ferrofluiden, modernen Metallteigen und so fort. Koh-I-Noor hatte einen Zulieferer in Norwegen, las Tormod, der ein halb fertiges organisches Plastilin namens »Power Clay« führte, das aufgrund seiner Strom leitenden Eigenschaften häufig als »weicher Kontakt« in Operationssälen verwendet wurde. Tormod schrieb an das Unternehmen und bestellte eine bescheidene Menge. Als sie ankam, zwei Kilo, rechnete er damit, dass sich das Material leicht mit seinem roten Ton vermischen lassen würde. Und wieder bewahrheitete sich seine Vermutung: Die resultierende Mischung war schön glatt und gleichmäßig. Als er den Klumpen vor sich hatte, auf dem Erdbett, in dem Kobel, glaubte Tormod zu sehen, wie er sich noch weiter ausdehnte. Er begann ihn täglich zu wiegen, und ja: Es gab eine deutliche Gewichtszunahme, nicht viel, aber rund fünfzig bis sechzig Gramm pro Tag.

Kurz darauf landete eines Abends eine Nachricht in Tormods Posteingang. »Hi, Tormod. Ist ne Weile her! Wie ich sehe, hast du bei uns bestellt. Das organische Plastilin ist cool, aber hast du schon mal ausgecheckt, was wir hier ›intelligente Knetmasse‹ nennen? Das ist ein brandneuer Modellierkitt aus den Niederlanden und hat unglaubliche Eigenschaften. Herstellen tu ich das Zeug aber nicht, hehe, ich bin in der Logistik gelandet. Hab deinen Namen auf einem Paket gesehen – nehme an, du bist der einzige Tormod Blystad in Råset? Wie auch immer, ich kann dir günstig ein oder zwei Kilo von dem neuen Kitt schicken. Gib mir einfach Bescheid. Hoffe, alles gut bei dir! Beste Grüße, Espen.«

Ein bitteres Gefühl stieg Tormod aus dem Magen auf, ihm wurde plötzlich übel, Speichel sammelte sich unter der Zunge. Würgend verließ er die Werkstatt und spuckte auf den Rasen. Die Magenkrämpfe dauerten an, und er blieb in dieser Position, nach vorn gebeugt, und ließ alles raus. Tormod hatte geglaubt, Espen Heggelund sei endgültig aus seinem Leben verschwunden, aber da war er wieder, in seiner Mailbox.

Siv fläzte sich an ihrem gewohnten Platz auf dem Sofa im Wohnzimmer. Tormod ging zu ihr und setzte sich neben sie. Er nahm ihre Hand, etwas, das für ihn ziemlich untypisch war, und sie sah zu ihm auf und fragte, was er von ihr wolle. Tormod strahlte Stress und tiefen Missmut aus. Siv tätschelte seinen Nacken, kraftvoll, als wäre er ein Ackergaul, und ließ ihn seinen Kopf an ihren lehnen. Sie hatte einen Trick: Sie konnte ein Geräusch machen, das weder Ja noch Nein bedeutete, ein »Mmmh«, und wenn sie damit auf eine einfache Frage von Tormod antwortete, wusste er, dass sie gut gelaunt und auf seiner Seite war. Deshalb war er erleichtert, als sie seine Frage, ob sie Lust auf Monopoly habe – das einzige Brettspiel, das Siv gern spielte, weil sie fast immer gewann –, mit »Mmmmh« beantwortete. Rasch klappte er das Brett auf dem Couchtisch aus, mit allen Figuren, Karten und dem abgezählten Geld in ordentlichen Stapeln. Die ganze Familie machte mit. Tormod lachte und streichelte seinen Kindern, sogar Alf, über den Kopf. Er traf absichtlich schlechte Entscheidungen, was bedeutete, dass die anderen unbarmherzig Häuser und Hotels kauften und auf seine Kosten profitierten. Tormod, der Verlierer, ging völlig unter. Aber es war ein schöner Abend, der letzte für eine lange Zeit.

Zwei Tage später nahm das Unheil seinen Lauf. Tormod war früh mit seiner Arbeit auf der Baustelle fertig und als Erster zu Hause. Er befühlte den Humus im Erdbett (Kobel, Matratze) unter dem Tonklumpen in der Werkstatt. Die Erde war hart und trocken, und Tormod beschloss sie zu wechseln. Er hob den Tonklumpen in den Metallbehälter und leerte das Erdbett, trug Eimer für Eimer zum Komposthaufen. Dann fing er an, frische Erde aus dem Graben hinter dem Haus zu schaufeln. Er schürfte jetzt tiefer, weil er bereits die Ostgrenze ihres Grundstücks erreicht hatte und nicht mehr in die Breite graben konnte. Als Tormod sein Gewicht auf den Spaten stemmte, hörte er ein Knacken. Zuerst dachte er, er wäre auf einen Stein gestoßen, aber als er die Erde wendete, sah er, dass es sich um einen flachen Hüftknochen handelte. Langsam und vorsichtig schaufelte er weiter. Ein Rückgrat tauchte auf, ein Wirbel nach dem anderen, gefolgt von einer Rippe, einem Schulterblatt und schließlich einem Schädel. Tormod spürte ein eiskaltes Gefühl in der Brust. Sanft hob er den Kadaver auf. Die

Haut und das Fell waren längst verwest, aber er kannte das Halsband nur zu gut, weil Helene und Alf es mit der Häkeltechnik ihrer Großmutter selbst angefertigt hatten. Dort, in der Erde hinter dem Haus, hatte er endlich Snusken gefunden.

TEIL 2

9

KONFLIKTSCHEU, wie er war, entschied Tormod sich dafür, die Grube, das Loch – das Grab –, in dem er Snusken gefunden hatte, wieder zuzuschütten. Er füllte es mit Erde und glättete die Stelle. Snusken würde bleiben, wo sie war: Tormod begrub sie ein zweites Mal. Das Halsband nahm er jedoch und versteckte es in der untersten Schublade seines Schraubenschranks. Mechanisch räumte er die Werkstatt auf. Dann kamen irgendwann die Kinder nach Hause, und er gab die üblichen Phrasen von sich. An jenem Nachmittag, es war ein Donnerstag, verlor er Siv gegenüber kein Wort darüber. Sie war erschöpft, als sie vom Salon nach Hause kam, und Tormod ließ sich nichts anmerken. Während des Abendessens – Fischgratin – musterte er seine Frau mit finsterem Blick. Siv tunkte Gabel für Gabel mit Gratin und Kartoffeln in geschmolzene Butter, bevor sie sie zum Mund führte und schluckte. Da war sie. Mästete sich. Trank Milch dazu. Sie hatte Milch auf den Lippen. Machte den Mund bereit für Nachschub. Ihr Haar war im Nacken kurz und oben strubbelig.

Als sich die Kinder durch ihre Hausaufgaben quälten und Tormod routiniert den Abwasch erledigte, klingelte es an der Tür. Er fuhr zusammen und blaffte: »Ich mache auf!« Auf der Schwelle stand ein junger Mann in einer braun-gelben Uniform: eine Lieferung. Tormod wusste sofort, was es war. Er unterschrieb auf dem Handscanner und ging mit dem Paket durch die Küche in die Werkstatt. Unterwegs studierte er die Schachtel. *Intelligent Putty Pro* stand in blauer Schrift darauf. Als Absender war eine Adresse in Zaandam genannt, einem Vorort von Amsterdam. Tormod zerschnitt das Klebeband mit einem Teppichmesser und klappte den Karton auf. Ganz oben lag ein dickes Benutzerhandbuch, das er beiseitelegte. Der Kitt war in Plastik eingewickelt, zwei getrennte Würste, und Tormod drückte mit dem Finger in eine davon. Nichts, nur ein saugendes Geräusch. Der Teig war grün. Absurderweise war sein erster Gedanke, welche Farbe sein Ton annehmen würde, wenn er ihn mit diesem neuen Kitt vermengte – eine Mischung aus Grün und Rot. Womöglich würden die Kinder ihre eigenen Klumpen nicht erkennen? Er bohrte einen Finger in Wurst Nummer zwei. Die war genauso tot.

Als wäre das Ganze wie ein Theaterstück eingeübt, ging Tormod in die Serverecke. Und ja, in seinem Posteingang wartete eine neue Nachricht von Espen. »Hab zwar nichts von dir gehört, aber ich dachte, ich schicke dir trotzdem mal eine Probe«, schrieb er. »Hoffe, dir gefällt der Kitt! Du musst nicht das gesamte Handbuch lesen, gib einfach die zwei Kilo in einen Behälter, füge ein bisschen galvanisiertes Wasser hinzu (kriegst du in Läden für Agrarbedarf, das ist eine Kochsalzlösung, durch die Strom geleitet worden ist), und lass dich überraschen. Gib mir Bescheid, wenn du es versucht hast!« Tormod loggte sich aus und tigerte eine Weile auf und ab, bis er schließlich die Werkstatt durch die

Garage verließ und ins Haus zurückging. Ohne Siv auf dem Sofa anzusehen, stieg er, drei Stufen auf einmal nehmend, die Treppe hoch. Die Kinder waren in ihren Zimmern, und sie starrten zu ihm auf, als er sie fragte, ob sie sich zusammen mit ihm »etwas anschauen wollten«. Natürlich wollten sie. Helene klatschte in die Hände. Sie setzten sich auf Alfs Bett, vor seine Bildschirme. Tormod hatte immer versucht, in den Medienkonsum der Kinder alte Zeichentrickfilme einfließen zu lassen, Klassiker, die er für gut befand: ComiColor und Silly Symphony, die alten Warner-Brothers-Sachen und alles, wo Ub Iwerks seine Finger im Spiel gehabt hatte, darunter auch die frühen Disney-Filme. Diese absurden, sanften, irrationalen, überdrehten Animationsstreifen waren längst zu einer gemeinsamen Leidenschaft geworden, die Helene, Alf und Tormod teilten. Siv interessierte sich nicht für solche imaginären Welten. Sie scrollten und scrollten und entschieden sich schließlich für einen alten Donald-Duck-Film, den sie »streamten«, wie man heutzutage sagt. Auf eine sechs- bis siebenminütige Episode folgte automatisch die nächste. Tormod legte einen Arm um jedes Kind und blickte mit einem Auge auf den Bildschirm, mit dem anderen aber in die Ferne. Dort saß er und schaute Donald Duck und auch etwas anderes, wie es Eltern oft tun – sie sind da und doch woanders, möglicherweise sogar gleichzeitig noch an einem dritten Ort.

Eine Folge von 1948 mit dem Titel *Donalds Traumstimme* erschien auf dem Bildschirm. Darin geht Donald von Tür zu Tür und verkauft Bürsten, aber ohne großen Erfolg – niemand kann sein schrilles Gequake verstehen. Immer wieder wird ihm die Tür (heftig) vor der Nase zugeschlagen. Dann trifft Donald einen Mann, der auf der Straße Sprachpillen verkauft, sogenannte Ajax-Sprachpillen. Auf seinem Schild steht: »Wer ein Mann sein will, muss reden wie ein Mann.« Donald kauft eine Schachtel mit neun Tabletten, schluckt eine und hat sofort eine samtige, ansprechende sonore Männerstimme mit perfekter Intonation. Donald ist begeistert. Seine Stimme macht ihn zu einem neuen Mann (Erpel), und seine Bürsten werden ihm geradezu aus der Hand gerissen. Er bezaubert die Damen und scheffelt Geld. Mit anderen Worten: Er ist dem Quaken (seine Persönlichkeit) entkommen, das ihn gehemmt hat. Aber jede Pille wirkt nur kurze Zeit, sodass Donald seine butterweiche, neue Stimme mitten im Satz verliert und sein altes Gequake wieder einsetzt. Er gerät in Panik und nimmt hastig eine zweite Pille. Dies führt zu einer Spannung zwischen der unglaublichen Wirkung der Tabletten und dem Moment, in der sie nachlässt und sein schreckliches Quaken (seine Persönlichkeit) zurückkehrt. Genau das ist der Kern des Dramas. Am Ende lässt Donald die Pillenschachtel fallen, und der Film kippt ins Absurde, als er herumläuft und versucht, die davonrollende letzte Tablette einzufangen – er will sie nehmen, damit er Daisy mit seiner sanften, gewinnenden Stimme einen Antrag machen kann. Doch alles geht schief. Stattdessen schluckt eine Kuh die Pille.

Der Trickfilm (eine offensichtliche Metapher für einen Drogenrausch) hatte eine seltsame Wirkung auf Tormod, er fühlte sich unwohl, bekam Angst. Eine Klaue umschloss sein Zwerchfell, seine Brust und sogar seinen Rücken und drückte fest zu. Als er Snusken in der Erde hinter der Werkstatt entdeckt hatte, war es, als hätte sich in ihm ein Riss aufgetan, und in diesen Riss zwängte sich nun der Zeichentrickfilm. »Zeit fürs Bett«, sagte er, und die Kinder liefen ins Bad, gehorsam, zufrieden, und putzten sich die Zähne. Tormod las Helene noch zwei Seiten vor, küsste sie aufs Ohr und flüsterte: »Gute Nacht, mein Mädchen«, bevor er die Nachttischlampe mit den Marienkäfern auf dem Schirm ausschaltete. Dann ging er in Alfs Zimmer, tätschelte dem Jungen den Hinterkopf und sagte: »Gute Nacht … mein Junge«. Danach stapfte er die Treppe hinunter, vorbei an Siv, die auf dem Sofa lag, und hinaus in die Werkstatt. Dort blieb er stehen und dachte darüber nach, wie sich für Donald die Welt geöffnet hatte, nachdem er die Pille geschluckt hatte. Donald wurde nicht nur die Person, die er sein wollte, sondern vielleicht sogar die Person, die zu sein er *verdient* hatte. Er wurde zu einer Version seiner selbst, die alle glücklich machte: seine Kunden, Daisy und nicht zuletzt ihn selbst. Sollte es einem denn verboten sein, das eigene Potenzial zu verwirklichen? Ach, scheiß drauf, dachte Tormod. Er ging in die Serverecke und setzte sich an den Computer.

»Wie sehen die Komponentenverhältnisse des Kitts aus, den du mir geschickt hast?«, schrieb er. »Klingt interessant. Ich habe kein galvanisiertes Wasser in meiner Werkstatt, also kann ich es jetzt nicht ausprobieren, aber ich möchte es auf jeden Fall mal versuchen.«

Espens Antwort ließ nicht lange auf sich warten. »Tormod! Alter Junge! O Mann, schön, von dir zu hören. Hi! Wie geht's dir?«

»Kann nicht klagen. Lebe immer noch in Råset.«

Espen hatte sich nicht verändert. Er sagte nie etwas,

ohne sofort etwas anderes hinterherzuschicken: Wie sich herausstellte, sollte er einige Monitoranschlüsse für ein Therapiezentrum in Dokka liefern. Er könne einen Abstecher nach Råset machen und Tormod mit dem Kitt helfen. Er habe nicht nur galvanisiertes Wasser im Auto, sondern obendrein ein paar Tonproben, die Tormod bestimmt gefallen würden. Tormod antwortete, dass er das mit Siv klären müsse, aber vielleicht könne Espen auf dem Rückweg vorbeikommen?

»Rückweg hört sich gut an. Grüß Siv von mir!«

Daraufhin tat Tormod etwas, das ihm überhaupt nicht ähnlich sah. Er stapfte ins Wohnzimmer, das er mit seinen Händen gebaut und ausgestattet hatte, und zettelte einen Streit mit seiner Frau an. Tormod warf eine Bemerkung hin, eine leichte Kritik, und Siv wandte sich vom Bildschirm ab und starrte ihn mit großen Augen an. Worum es bei dem Streit ging, spielt eigentlich keine Rolle. Der Punkt war, dass Siv sich aufregte. Sie war außer sich. Eine winzige Bemerkung über ihre Gewohnheiten (etwas Triviales, aber ein Detail, das nach Tormods Kenntnis trotzdem ausreichen würde) war alles, was es brauchte. Sie gehörte zu der Sorte Frau, die selbst die geringste Kritik nur schlecht verträgt. Siv ging sofort zum Angriff über. Und als Tormod sich weigerte, wie sonst diplomatisch die Segel zu streichen, wurde sie noch wütender. Der Streit wuchs sich zur handfesten Krise aus. Ein Ende war nicht in Sicht.

»Es ist so stickig hier!« Sie hatte angefangen zu schreien.

Tormod bat sie, leiser zu sprechen – »Die Kinder schlafen«, sagte er –, aber Siv war nicht mehr zu bremsen.

»Das sagen die Leute ständig, weißt du! Bei den Blystads schimmelt es, irgendwas treiben sie in ihrem Haus. Etwas stinkt da zum Himmel!«

Wenn es so bleibe, fauchte sie, ertrage sie es bald nicht mehr.

»Ich brauche ihr Gerede nicht. Ich habe genug mit meinem eigenen Scheiß zu tun.«

»Ich kriege keine Luft mehr! Ständig dieser feuchte Geruch aus der Werkstatt. Das ist nicht gesund!«

Sie werde die Kinder morgen aus der Schule abholen und mit ihnen das das Wochenende bei ihrer Mutter verbringen. Er könne gern bleiben und tun, was er wolle, umgeben von seinem Gestank, aber für Kinder sei das hier nichts.

»Mir wird *übel* davon«, fuhr sie fort.

Der Streit lief genau so, wie Tormod es erwartet hatte, und er marschierte zurück zu seinem Computer und schickte eine Nachricht an Espen. Ja, schrieb er, Siv und die Kinder seien am Wochenende weg, Espen könne also auf dem Rückweg in Råset haltmachen. »Cool«, antwortete Espen. Er würde am nächsten Tag vorbeikommen, Freitagnachmittag, sobald er das Material in Dokka abgeliefert habe.

Den Rest des Abends schlug Tormod Zeit in der Werkstatt tot. Er wusste, dass Siv normalerweise gegen halb elf nach oben ging, und wollte warten, bis sie im Bett lag. Sobald im Haus Ruhe eingekehrt war, begab er sich hinter die Garage und begann, weiter westlich eine neue Grube auszuheben. Er füllte ein paar Eimer mit frischer Erde, die er auf das Erdbett des Tonklumpens schüttete, damit er schön wohlgenährt war, wenn Espen kam. Gegen elf Uhr zog er seinen

Overall aus und ging ins Wohnzimmer. Es war leer, und er wischte die Chipskrümel von Sivs Platz auf dem Sofa, bevor er sich hinlegte und zudeckte. Die Kissen rochen nach Siv. Er kannte ihren Geruch genauso gut wie den der Kinder, vielleicht sogar noch besser. Das Seltsame an Sivs Geruch war, dass er ihm, egal, wie lange sie schon verheiratet waren, immer fremd vorkam, wie ein Geruch, den er nicht so recht einordnen konnte. Die Gerüche der Kinder waren Variationen seines eigenen Geruchs, völlig unauffällig, aber Sivs Duftnote auf dem Sofa war die eines anderen Säugetiers, einer anderen Spezies, einer anderen Welt.

10

AM NÄCHSTEN ABEND gegen sieben Uhr fuhr ein Mitsubishi-Pick-up mit glatter Ladeflächenabdeckung die Garagenauffahrt herauf. Tormod sah das Auto durch das Küchenfenster, trat mit einer frisch gebrühten Tasse Kaffee auf die Veranda und hob die Hand zum Gruß. Espen bremste abrupt und sprang aus dem Auto, strahlend wie die Sonne, mit federndem Schritt. Wie viele Jahre war es her? Tormod musste lächeln; es war ein besonderer Moment. Mit gemischten Gefühlen sah er, dass Espen noch immer derselbe war. Drahtig und aufgeweckt, mit scheinbar noch jungem Körper, aber er hatte das typische Gesicht eines Mannes, dessen Lebensweg etwas zu hart gewesen war. Ein »markanter« Schädel, wenn man es so nennen will. Vorstehende Augenhöhlen, kantiger Kiefer, eingesunkene Wangen, eingefallene Augen. Ein scharfer, gehetzter Blick. Das Aussehen eines Wrestlers, könnte man sagen: Espen erinnerte an einen MMA-Kämpfer. »Blumenkohl-Ohren«, jedenfalls sahen sie irgendwie knollig aus. Ein straffer, kleiner Körper, noch immer eine überweite Hose.

Sie knufften sich zur Begrüßung und klopften ein paar Männersprüche. Tormod war verlegen und wirkte wahrscheinlich ziemlich nervös, aber Espen übernahm das

Kommando und kam gleich zur Sache. Er wollte das Haus und das Grundstück sehen; er schien beeindruckt zu sein, und Tormod taute allmählich auf. »Nee, hab nie dran gezweifelt, dass du es mal zu was bringst«, sagte Espen ehrfürchtig. Er blickte sich um. Nicht zu fassen, dass der Nichtsnutz aus Råset all das mit eigenen Händen gebaut hatte! »Unglaublich, was du geschafft hast. Und wie ich dich kenne, so tüchtig und bodenständig, gibst du bestimmt nicht damit an, aber …« Espen fuchtelte mit einer Hand herum, »… jemand muss es dir sagen, Tormod. Das ist *verdammt* gut.«

»Wie sieht es bei dir aus?«, fragte Tormod vorsichtig.

»Du kennst doch diese Männer, die an Tankstellen rumhängen, Garnelen-Baguettes und Hotdogs verdrücken und mit Cola runterspülen, Tag für Tag, das ganze Jahr über. So einer bin ich«, sagte Espen und lachte kurz auf. »Nein, nein, ich bin schon in einer, ähm, interessanten Branche … mit all dem Ton und Kitt.«

»Und das ist die Werkstatt«, sagte Tormod. Espens Augen weiteten sich, und er schlug seinem Studienfreund vier oder fünf Mal auf den Rücken und ballte beide Fäuste wie nach einem verwandelten Matchball. »Mann, ist das krass!« Ja, murmelte Tormod, es sei nicht übel. »Und jetzt hast du das ganze Wochenende für dich?« Espen schnippte fröhlich mit den Fingern. »Mann!«

Tormod zeigte ihm das Werkzeug, die Gerätschaften, die Serverecke. Und schließlich, gewissermaßen als krönenden Abschluss, nahm er das Handtuch von dem Erdbett, auf dem der Tonklumpen ruhte. Espen fluchte anerkennend. »Du bist da an was dran. Hast du es geschafft, den Ton wachsen zu lassen?« Tormod erklärte, dass es ihm gelungen sei, ein wenig. Mehr oder weniger zufällig. Er könne sich nicht genau erinnern, was er getan hatte, aber der Klumpen sei angeschwollen, als er ihn auf die Erde gebettet hatte. »Klar«, sagte Espen. »Das liegt an den Stickstoffbestandteilen. Der Ton absorbiert sie.« Er fragte, ob er den Ton berühren dürfe. Tormod streckte die Hand aus und sagte: »Nur zu.«

Espen zog ein Klappmesser aus einer Scheide an seinem Gürtel, schnitt ein kleines Stück Ton ab und rieb das Material zwischen den Fingern. »Wirkt ein bisschen grob«, sagte er. »Es ist kein Schluff, oder?« »Hä?«, fragte Tormod. »Schluff«, sagte Espen. »Es fühlt sich an wie Schluff. Sandig, weißt du? Kommt der Ton aus dem Tal nördlich von hier?« »Ja, das ist einheimischer roter Ton«, sagte Tormod, obwohl er keine Ahnung hatte, ob er aus dem Tal stammte oder nicht. Espen runzelte die Stirn. »Ich vermute mal, er hat ein paar feine Körner aus der Erde absorbiert.« Tormod wusste es nicht. »Gibt nur einen Weg, das rauszufinden«, sagte Espen und lachte. Sein Lachen verwandelte sich in einen kurzen, kratzenden Husten, dann schob er sich das Stück Ton in den Mund und begann zu kauen. Mit geschlossenen Augen zermahlte er den Ton zwischen den Zähnen. Es erinnerte Tormod an seine Kindheit, als er manchmal eine ganze Packung Hubba Bubba auf einmal gekaut hatte.

»Schluff kann es nicht sein«, sagte Espen entschieden. Er spuckte den nass glänzenden Ton zurück. Er glitt über den großen Klumpen hinunter auf das Erdbett. »Es ist Lehm. Ein Knirschen konnte ich nicht hören. Aber viel fehlt nicht. Ich denke, die Partikel sind ungefähr 0,002 groß.« »Ja?«, sagte Tormod. »Das ist ideal für uns!« Espen klatschte in die Hände. Ohne ein weiteres Wort stürmte er durch die Werkstatt und rollte das Tor hoch. Dann stieg er in seinen Pick-up, ließ den Motor an, raste die Auffahrt hinunter und wendete mit hoher Geschwindigkeit auf der Straße, setzte zurück und fuhr rückwärts in die Werkstatt. Als er auf die Bremse trat, noch heftiger als beim ersten Mal, ragte nur noch die vordere Stoßstange ins Freie. Espen rannte um das Auto herum und ließ die Heckklappe herunter; die Ladefläche des Trucks öffnete sich wie eine Hechtfalle. Im Inneren befanden sich ein paar Werkzeuge und mehrere übereinandergestapelte Pakete sowie Fässer, die wohl das galvanisierte Wasser enthielten. Espen sprang flink auf die Ladefläche des Trucks. »Dann legen wir mal los«, sagte er eifrig und klatschte erneut in die Hände, fester als zuvor, als wollte er in der Werkstatt eine Parkplatz-Party steigen lassen. »Das ist eine etwas andere Mischung von dem brandneuen Ton, den ich dir geschickt habe«, sagte er grinsend und schlitzte mit seinem Klappmesser ein blaues Päckchen auf. »Angeblich hat ein Kerl in Osaka das hier und ein bisschen Kaolin mit japanischem Porzellan gemischt, und am Ende hatte er einen Teig, der so straff war, dass er ihm direkt aus den Händen gehüpft ist!«

Espen schritt gleich zur Tat und mischte seinen »intelligenten« Kitt mit Tormods rotem Tonklumpen. Während er arbeitete, verlangte er – mit seiner heiseren Stimme, die klang, als käme sie aus einer Blechdose – nach einem Cutter, einem Spatel, galvanisiertem Wasser, Schneidedraht, mehr Metallspänen, einem Sieb und ein wenig Schamotte. Wie ein Chirurg in einem Operationssaal brauchte er allerlei Instrumente, und Tormod eilte wie ein Assistent hin und her und gab Espen alles, was er verlangte. Espen kniete neben dem Erdbett, arbeitete gebückt. Er fischte einen Teststab aus einem Hanfetui und steckte ihn in das Material. Nach dreißig Minuten sagte er: »Es muss jetzt in den Mixer.« Ächzend hoben die beiden Männer das gesamte Erdbett an – mit Erde und Holzrahmen wog es zwischen sechzig und siebzig Kilo – und kratzten den Klumpen in den Mixer. Er löste sich mühelos von der Erde, und sie stellten die unterste Stufe ein. »Er muss mindestens eine Stunde lang durchgeknetet werden«, sagte Espen. »Du hast kein Bier da, oder?« »Nein«, sagte Tormod. »Ich trinke eigentlich nicht mehr. Aber Siv hat normalerweise immer Weißwein rumstehen.« »Ah, Siv!«, lachte Espen. »Könnte ich vielleicht ein paar Gläser haben? Es ist Freitag!« Wieder mündete sein Lachen in einen Hustenanfall.

Natürlich holte Tormod zwei Saftgläser und einen halbleeren Karton mit Weißwein aus der Küche. Er stellte die Gläser auf die Heckklappe, um den Wein einzuschenken, während der Mixer weitersurrte. Sie stießen an und sagten immer wieder: »Ist ne Weile her!« Tormod schluckte. Nach nur einem halben Glas fühlte er, wie sich der Wein wie eine warme Decke hinter seinen Augen herabsenkte. Plötzlich meldete sich ein leises Glucksen, das er lange nicht vernommen hatte. Er lachte über das, was Espen sagte, bald lachte er noch lauter. Espen bemerkte, dass Tormod lockerer wurde, und begann, Witze und die verrücktesten Anekdoten aus den letzten Jahren zum Besten zu geben, Lügengeschichten. Tormod brüllte vor Lachen und schüttelte den Kopf. Das konnte nicht sein. Dem Polizisten ist das Käppi in die Klärgrube gefallen? Was es nicht alles gab. Tränen liefen ihm über die Wangen, und er wischte sich mit dem Ärmel seines Flanellhemds das Gesicht ab. Sie füllten ihre Gläser und füllten sie gleich wieder. Unversehens war der Weinkarton leer, und Tormod holte den nächsten. Sie füllten ihre Gläser erneut.

»Ich hab echt Bock auf ein Bier«, sagte Espen nach einer Weile. »Wein macht mich schläfrig, aber ein Pils gibt mir einen ordentlichen Kick. Wenn du den Klumpen in fünf Minuten rausholst, fahre ich schnell los und kaufe ein paar Sixpacks.« Er sprang hinter das Lenkrad und brauste in einer Wolke aus Dieselrauch aus der Werkstatt. Tormod kratzte den Teig aus dem Behälter. Es war bemerkenswert: Der Ton löste sich umgehend vom Stahl und rollte praktisch von allein auf die Werkbank. Er knetete ihn kurz, und als er die Hände wegnahm, schien sich der Teig in der Mitte zu heben.

Zehn Minuten später kam Espen in viel zu hohem Tempo in die Werkstatt zurückgerast. Er senkte die Heckklappe und öffnete zwei eisgekühlte Pils, Ringnes. Er hielt eines ausgestreckt in die Luft, bis Tormod zu ihm kam und es ihm aus der Hand nahm. Tormod erzählte ihm, wie sich der Teig irgendwie von selbst geglättet hatte, nachdem er ihn aus dem Mixer genommen hatte.

»Ja«, sagte Espen. »Das ist echt abgefahren. Ich denke, wir kriegen da sogar noch mehr Energie rein. Aber erst mal prost!«

Sie stießen mit den Flaschen an und schütteten sich das kalte Bier direkt in die Kehle. Beide Männer rülpsten herzhaft, mit Tränen in den Augen. Dann lachten sie.

Inzwischen war es halb elf. Die Sonne war vor über einer Stunde untergegangen, aber der Himmel war noch angenehm hell. Wie immer in Norwegen in den Sommermonaten war alles frisch und mild, die Straßen sauber. Ein Stück die Straße hinunter ragte das Nachbarhaus wie ein schiefer Block vor dem fast unerklärlichen Blauton in die Höhe.

Unvermittelt sagte Espen: »Ich habe ein bisschen Stoff im Handschuhfach. Ich denke, wir sollten uns was reinknallen, damit wir die Nacht durchhalten, oder?« Er grinste. »Apropos Knete, hehe. Ein bisschen peppig. Schön sanft, wie du es immer gemocht hast. Ich nehme nicht mehr viel von dem Zeug«, erklärte er. »Aber was für ein Anlass … auf alte Zeiten!« Tormod sagte weder Ja noch Nein, aber sein Nacken fühlte sich plötzlich heiß an, und das Gefühl breitete sich aus. Ein Schauer lief ihm über den Rücken bis zu den Schenkeln. Tormod war warm und froh zumute, er war angespannt, aber auch ängstlich. Seine sonst so zuverlässigen Beine fühlten sich plötzlich kraftlos an, wie … nun, Teig. Fast so, als hätte sich die Erinnerung an die Highs in seinem Magen festgesetzt.

Espen holte die Tüte aus dem Handschuhfach. »Ein bisschen« war eine klare Untertreibung. Der Zip-Lock-Beutel war etwa halb so groß wie eine Stange Prince-Zigaretten und beinahe bis obenhin voll mit hellgelbem Pep-Pulver. Mit einem kleinen Spatel zog Espen geschickt zwei großzügige Lines neben dem Ton auf der Werkbank. Er schnupfte die eine, ohne zu blinzeln, und reichte Tormod den Strohhalm, während er mit zwei Fingern gegen seine Nase trommelte. »Guter Stoff«, sagte er. Tormod starrte auf seine Line. Er atmete aus – ganz lange, bis es sich anfühlte, als wären seine Lungen leer –, dann beugte er sich vor und sog die ganze Line tief in sein linkes Nasenloch. Anstatt sich aufzurichten und den Kopf nach hinten zu neigen, blieb er über die Werkbank gebeugt stehen. Seine Knie wurden weich. Der chemische Geruch, oder vielleicht war es der Geschmack, schien ihm von innen die Nasenscheidewand zu verbrennen und zu zerbeißen, und Tormod räusperte sich, immer noch ohne Luft zu holen, drückte seinen Nasenrücken mit Daumen und Zeigefinger zusammen, atmete dann langsam aus und öffnete die Augen. Sie waren so hell und blau wie Eis.

11

ES IST SCHWER zu beschreiben, welches Erdbeben Metallicas Debüt-LP Debütalbum *Kill 'Em All* bei ihrer Veröffentlichung auslöste. Jeder, der das Album nicht als Kind oder Jugendlicher zum ersten Mal erlebt hat, könnte Mühe haben, die folgende Szene nachzuvollziehen – er könnte sie sogar geschmacklos finden. Metallica? Ja, genau. Metallica. Espen hatte eine beeindruckende Stereoanlage in seinem Auto, und er spielte das erste Album von Metallica in voller Lautstärke. (Es scheint beinahe angebracht, die Leser aufzufordern, Kopfhörer aufzusetzen und den ersten Titel, *Hit the Lights*, zu hören, während sie die nächste Passage lesen. Das würde die Energie und die Stimmung veranschaulichen, die in Tormods Werkstatt an diesem Abend herrschten. Bis zum nächsten Morgen sogar, um genau zu sein. Und den ganzen Samstag. Und die Nacht darauf. Und so weiter …)

Einige Fakten muss man dazu kennen: Als *Kill 'Em All* 1983 veröffentlicht wurde, existierte Metallica als Phänomen oder Institution schlicht noch nicht. Es waren nur vier ungepflegte Zwanzigjährige, die sich eben Metallica nannten. Das Logo hatte der Sänger der Band selbst entworfen, und auf dem Cover befanden sich eine Hand, ein Hammer und ein Blutfleck über den Worten *Kill 'Em All*. Überall in den USA und Europa – und wahrscheinlich auch in Japan und Südamerika – senkten Metalheads die Nadel in die Rille und setzten sich, um zuzuhören. Das war etwas vollkommen Neues. Die Art und Weise, wie die Band einen Schlagzeug-Hardcore-Punk-Sound mit New-Wave-of-British-Heavy-Metal-Riffing auf der Gitarre verschmolz – und das in *diesem Tempo*. Es war revolutionär. Auf so etwas war noch niemand gekommen. Wütender, zerfetzender harter Heavy Metal. Thrash mit einer Prise Speed.

Sowohl Tormod als auch Espen hatten das Album geradezu inhaliert. *Kill 'Em All* war Ende der Achtzigerjahre in Råset angekommen, möglicherweise etwas später als anderswo, aber mit unverminderter Wucht; es gelangte jedenfalls direkt in die Elektronikfachschule, und von da an gab das Album in jeder Hinsicht den Ton an. Jetzt, Jahre später, in maximaler Lautstärke auf Espens HiFi-Anlage abgespielt, war es, als würden sie in die Vergangenheit zurückversetzt und erlebten dieselbe Energie, die Metallica beim ersten Mal abgesondert hatte. Der Drive und die unerwartete Chemie, die die jugendlichen Nerds schufen, die sich über das Kleinanzeigenblatt *The Recycler* gefunden hatten, wurden in einer reinen, neuen Form wiedergeboren. In Tormods Werkstatt war es wieder 1983, und alles, was die dazwischenliegenden Jahre in einem Dunst aus Neuigkeiten und Routine gebracht hatten, löste sich in Luft auf, wurde weggeblasen, verschwand. Musik, aber auch die Freundschaft hat bisweilen einen solchen Effekt; auf einmal fühlt man sich *genau wie damal*s, als alles neu und aufregend war. Aus Espens Lautsprechern dröhnte der Klang ungeschliffenen Talents in Hochform. Vier junge Männer, die ihre

Aggression, ihren Frust und ihre wütende, aber energiegeladene Weltsicht in ein Album kanalisiert hatten, von dem weder sie noch sonst jemand hätte ahnen können, welch beispiellosen, alles überrollenden kulturellen Einfluss es haben würde.

Whiplash, *Motorbreath*, *The Four Horsemen*, diese Songs fuhren Tormod und Espen in Mark und Bein, während sie sich an dem acht Kilo schweren Tonklumpen austobten. Sie waren in ihrem Element. Umgeben von dieser gewaltigen Klanglandschaft und mit von Wein, Pils und Pep befeuerten Synapsen stürzten sich Tormod und Espen in einen furiosen, ekstatischen (könnten wir ihn als »faustisch« bezeichnen?) Prozess des Kochens – ohne Rezept. Sich lose auf Tormods »Studien« und Espens »technisches Know-how« stützend, arbeiteten sie intensiv an dem Teig. Etwas in Espens Stimme passte gut zu den blechernen Vokalen, die James Hetfield ausstieß. Ein bisschen hiervon, eine Prise davon, Heggelund erteilte Befehle über und unter Hetfields Fauchen hinweg oder fiel darin ein, fast wie bei einem Duett. Tormod sah zu, wie sein Jugendfreund Keratinpulver durch etwas siebte, das aussah wie ein Filter. Danach erhitzte Espen den Klumpen auf vierzig Grad. Er fügte Handvoll um Handvoll Vaseline hinzu – für mehr Elastizität. Schmolz eine Packung Knetgummi darüber. »Hörst du die Luftblasen noch? Die müssen weg«, sagte Espen. »Von Hand!« Er holte den Ton aus dem Behälter und knetete ihn mit rasender Geschwindigkeit. Mit einem Spatel in jeder Hand schnitt er an beiden Seiten in den Ton. Zurück in die Schüssel. Noch mehr Mischen. »Shiiit, Mann, entweder waren wir auf dem falschen Dampfer, als wir damals

Metallica gehört haben, oder wir machen heute irgendwas nicht richtig!«, krähte Espen über *Seek and Destroy* hinweg, das zum zehnten Mal lief. Er zog zwei linke Handschuhe an und fluchte, weil er das Daumenloch der rechten Hand nicht fand. Seine Schutzbrille rutschte dreimal ab; sein Kopf war einfach zu klein. Tormod half, wo er konnte.

Diesen irren Tanz führten sie die ganze Nacht hindurch auf. Auch den ganzen Samstag. Dann neigte sich der Samstag dem Ende zu, und der Abend wurde zur Nacht. Der Sonntag brach an. Hatte Espen etwas von dem Pep-Pulver in den Ton gegeben? Das ist ungewiss. Er hatte ein halbes Kilo zerkleinerten Grafit hinzugefügt, das war Tormod aufgefallen. »Braucht ein bisschen Kohlenstoff, um die Dinge in Gang zu bringen«, hatte er gesagt. Aber streute er etwas von dem Pep-Pulver auf den Teig? Schwer zu sagen. Wie immer bei einem High löste sich die Zeit auf. Tormods Erinnerungen waren lückenhaft und verworren, auch wenn im funkelnden Licht des Rausches alles klar erschien.

Gegen 02.30 Uhr am Montagmorgen saß ein verrückt aussehender Espen mit einer Autobatterie zwischen den Beinen inmitten von Kabeln, die Elektrizität auf den Ton übertrugen (eine »Intensivierung des Mischprozesses«, wie er es nannte), auf dem Boden der Werkstatt. Dazu hatte er vier Blätter Kupferfolie wie eine Decke über den Klumpen gelegt, während Cliff Burtons seltsam langsames (visionäres?) Bass-Solo auf (*Anaesthesia*) – *Pulling Teeth* im Hintergrund dröhnte.

Tormod sagte:

»Es ist fast Montag, Espen … Espen, es ist Montag.«

Espen blickte auf. Sein Gesicht war in einem Ausdruck permanenten Schocks erstarrt. Er nickte.

»Schnell rein und raus. Das Wild sollte nicht zu lange auf der offenen Lichtung stehen.«

Mit diesen Worten war er weg. Verabschiedeten sie sich überhaupt voneinander? Tormod arbeitete vielleicht noch ein bisschen länger, aber wer weiß. Was er wohl in der Werkstatt trieb, nachdem Espen gegangen war? Das konnte nicht einmal er selbst sagen. Was beschwor er dort herauf? Der Zustand, in dem er sich befand, war eine perfekte Mischung aus messerscharfem Fokus und trüber Grütze.

TEIL 3

12

TORMOD SCHLIEF noch halb, da dämmerte es ihm: Die Kinder würden bald nach Hause kommen. Der Gedanke traf ihn wie ein Hammerschlag, als er auf dem Sofa lag, unerbittlich, brutal. Die Kinder würden jeden Moment zurück sein. Der arme Tormod Blystad war schlagartig wach. Es war halb drei am Montagnachmittag. Er erinnerte sich an sehr wenig von dem Endspurt in der Werkstatt. Musste er aufräumen? Besorgt suchte er das Wohnzimmer ab. Leergut? Zigarettenkippen? Chaos? Wie sollte er beschreiben, wie er sich in diesem Moment fühlte? Ausgekratzt, eine leere Hülle? Sein Herz war auf ein Viertel seiner üblichen Größe zusammengedrückt. In seiner Brust nahm er eine Vertiefung wahr, eine Leere; sein Zwerchfell fühlte sich so hart an wie ein Stück Holz, und es fiel ihm schwer, tief durchzuatmen. Das Haus und die Werkstatt, das Grundstück draußen – das solide Gerüst, das Tormod Halt gab –, erschienen ihm plötzlich wie verzerrt, ein Feind, das nackte Grauen. Langsam stand er auf, schnaufte durch die Nase wie ein Ochse. Er kam sich ausgepumpt vor. Hustete schwach und wiederholte gebetsmühlenartig: »Das geht vorbei, das geht vorbei«. Er kannte dieses Gefühl, aber er hatte auch vergessen, wie schlimm es war.

Tormod riss sich zusammen, schüttelte die Kissen auf dem Sofa aus, glättete die Decke und öffnete die Fenster auf beiden Seiten des Raumes, um durchzulüften. Das Wohnzimmer war in Ordnung, die Küche okay. Auf dem Dach des Wagens standen ein paar leere Bierflaschen und auf der Motorhaube eine Tasse voller Zigarettenkippen. Sie hatten wirklich eine Menge Zigaretten geraucht, und in der Werkstatt roch es stark nach Tabak, vermischt mit etwas Muffig-Feuchtem, Keramischem. Tormod öffnete das Garagentor weit, um frische Luft hereinzulassen. Im postkartengroßen Spiegel über dem Waschbecken erhaschte er einen Blick auf das eigene Spiegelbild: eine harte Maske, verbissen. Er ging mit einem schwarzen Müllsack ans Werk und sammelte die Flaschen ein. Seine Werkzeuge lagen im Raum verstreut, und der Mixer war schmutzig. Tormod sortierte die Werkzeuge rasch, hängte alles wieder an seinen Platz und fuhr mit einem Tuch über die Oberflächen. Überall waren Tonhand-Abdrücke. Tormod verpasste der Werkbank – auf der sie ihre Pep-Lines vorbereitet hatten – eine Extradosis Scheuermilch und schrubbte sie gründlich. Ein paar Reste bekam er nicht weg.

Wo war der Tonklumpen? Das Erdbett war leer. Die Ladekabel waren ineinander verknäult, die Kupferfolie zerknittert, und die Autobatterie lag umgekippt auf dem Boden. Hatte Espen ihn überredet, ihm den Teig zu geben? Dieser verdammte Kerl. Hastig fegte Tormod den Boden um das Erdbett und räumte alles weg. Wie dreist war das denn? Hatte Espen den Ton gestohlen und in die Stadt mitgenommen? Dieses Schwein. In diesem Moment hörte Tormod die Haustür, und wieder durchfuhr ihn ein Schock. Er schloss das Garagentor und rannte in die Werkstatt. Sah dort alles aufgeräumt aus? Tormod blickte sich verzweifelt um. Es stank immer noch nach Zigaretten, aber sonst schien es nicht so schlimm zu sein. »Hallo?«, hörte er aus dem Wohnzimmer. Es war Alf. »Komme gleich!«, rief Tormod. Er wollte gerade die Abzugshaube auf die höchste Stufe schalten, da hörte er ein Klatschen hinter sich. Und wer hätte es gedacht: Der Tonklumpen war halb hinter dem Gaszylinder für den MIG-Schweißer zusammengesunken, gekrümmt wie eine riesige Bohne. Er schlug mit einer Art Flosse auf den Boden, oder vielleicht war es eine Zunge, eine flache Nase. Tormod ging völlig verblüfft darauf zu. Der Klumpen zog langsam die Flosse ein und zuckte. Tormod machte einen Satz zurück.

»Hallo!«, rief Alf erneut, diesmal aus der Küche. Tormod rief etwas zurück und eilte aus der Werkstatt, den Blick immer noch auf den Ton gerichtet. Er warf die Tür zu, schloss sie von außen ab und steckte den Schlüssel in die Tasche. In der Küche traf er einen grinsenden Alf an. Der Junge sah ein wenig müde aus, wie immer, halbwüchsig und linkisch. Tormod umarmte ihn. Während er den Jungen an sich drückte, starrte er über dessen Schulter gedankenverloren ins Wohnzimmer. In seinem Verstand schien etwas hell zu leuchten.

Helene war überglücklich, wieder bei ihrem Vater zu sein, und sie schnatterte beim Abendessen wie eine Schar Gänse. Tormod versuchte, begeisterte Antworten aus dem schwarzen Loch, der Leere in seiner Brust, zu zwingen. Siv war mies gelaunt, beteiligte sich aber trotzdem an der Unterhaltung. Sie machte Tormod sogar ein vages Kompliment für die Koteletts, die er zubereitet hatte. Sie seien saftiger als sonst, meinte sie. Die Butter war perfekt gebräunt, und Siv mochte gebräunte Butter. Aus dem Nichts fragte Alf, wie es sein könne, dass ein schiefer Zahn auf Englisch als *snaggletooth* bezeichnet werde. Das habe sein Lehrer gesagt. »Helene kriegt einen *snaggletooth*«, fuhr er fort. Und ja: Einer von Helenes Vorderzähnen wuchs in einem merkwürdigen Winkel. Nicht, dass es Helene etwas ausmachte, aber Alf hatte sich vorgenommen, darauf herumzureiten. Er ließ nicht locker.

»Bist du ein Wildschwein, Helene?«

»Und warum sabberst du, Alf?«, schoss Helene zurück, was Alf umgehend bestritt.

»Na, na«, sagte Siv. »Esst jetzt euren Brokkoli.«

So ging es das ganze Abendessen über weiter.

Ungefähr zu der Zeit, als Alf anfing, um Nachtisch zu betteln, hörte die Familie drei, vier schwache Schläge aus der Garage. Ein dumpfes Klopfen. Tormod hustete heftig in seine Serviette. »Vielleicht hat sich der Dunstabzug gelöst«, murmelte er und stand auf, den Mund noch voll Kotelett. Er zog die Küchentür sorgfältig hinter sich zu und schloss die Werkstatt auf. Der Tonklumpen saß jetzt neben der Töpferscheibe. Er war den ganzen Weg dorthin gerutscht. Auf der dem Stuhl zugewandten Seite schien ihm eine Art Knolle zu wachsen. Mit einer schaukelnden Bewegung stieß der Klumpen den Hocker gegen die Plastikabdeckung der Töpferscheibe. Tormod erstarrte mit aufgerissenem Mund. Schlug der Teig aus? Er sah aus wie ein Stein oder ein Stück Fett. Tormod nahm eine Palette und einen zusammengelegten Palettenrahmen aus dem Regal. Er faltete den

Rahmen auseinander und klickte ihn auf der Palette fest, erst auf der einen Seite, dann auf der anderen, bis die Wände etwa sechzig Zentimeter hoch waren. Er stellte sich über den Klumpen und packte ihn mit beiden Händen. Mit geradem Rücken und durchgestreckten Armen hob er ihn auf. Der Ton wand sich. Der Zimmermann aus Råset stakste breitbeinig los und ließ seinen Klumpen auf die eingerahmte Palette fallen. Dort glitt der Ton in eine Ecke. Tormod wischte sich die verschmierten Hände an den Beinen ab und räusperte sich laut, als er die Werkstatttür von außen abschloss. Er setzte sich wieder zu seiner Familie, die noch aß, und meinte angemessen vage, der »Antriebsriemen sei gerissen«. Dazu hatte niemand etwas zu sagen.

Nach dem Abendessen bat Tormod die Kinder, den Abwasch zu erledigen, während er in die Werkstatt zurückging. Der Ton hatte es fast geschafft, sich durch einen Spalt zwischen den Bodenbrettern der Palette hindurchzuquetschen, also hob er ihn heraus, legte ihn in den alten Stahlbehälter und verkleidete die Innenseiten der Palette mit einer dicken Plastikfolie, bevor er den Klumpen wieder hineinlegte. Der Ton drückte an mehreren Stellen gegen den Boden, fand aber keinen Fluchtweg.

Für die nächsten zwei Tage meldete Tormod sich krank, obwohl er in relativ guter Verfassung war. Die Leere aus Angst und Verlustgefühl nach den Exzessen hatte sich in ein seltsames, fast angenehmes Nachglühen verwandelt. Er verbrachte viel Zeit in der Werkstatt, um sich mit dem neuen Zustand des Tons vertraut zu machen. Tormod näherte sich ihm vorsichtig und führte kleine Tests und Experimente durch. Wie weit konnte er sich ausdehnen? War er elastisch? Wenn er gute Erde daraufstreute, schien der Ton diese immer noch zu absorbieren, und zwar schneller als je zuvor, sowohl oben als auch an den Seiten. Das war neu. Der Klumpen hatte eine schöne warme Farbe, ähnlich wie roter Lehm oder sonnenverbrannte Haut. Wenn Tormod ihn von der Palette hob und auf den Boden legte, faltete er sich oder streckte sich von ihm weg, bevor er leicht in sich zusammensackte. Er schien auf Tormods Bewegungen zu reagieren und hielt sich stets in einem Umkreis von drei Metern auf. Manchmal kam er näher. Niemals entfernte er sich weiter. Er bewegte sich auf ihn zu. Hielt inne. Ruhte sich kurz aus. Reckte sich wieder. Konnte er ein Rohr packen, wenn Tormod eins hineinsteckte? Ja, es stellte sich heraus, dass der Klumpen Rohre und Stöcke festhalten konnte. Er gab ihm einen Meißel, und der Tonklumpen kratzte mit dem Werkzeug mit gleichmäßigen Bewegungen auf dem Betonboden herum. Eine bemerkenswerte Fähigkeit war, dass er Tormods Kaffeetasse perfekt stillhalten konnte. Solange sich noch Kaffee in der Tasse befand, blieb der Klumpen hart und verschüttete keinen Tropfen. Nach nur wenigen Tagen ließ Tormod den Klumpen seinen Becher halten, während er andere Dinge tat.

Tormod brannte darauf, den Kindern den Ton zu zeigen, aber bevor er ihn präsentieren konnte, musste er sich vergewissern, dass er nicht gefährlich war. Er beschloss, den Ton einem Stresstest zu unterziehen, bevor er die Kinder in die Werkstatt ließ. Welcher Belastung konnte er ihn aussetzen? Mithilfe einer kleinen Schalungsplatte und einigen Holzbrettern formte er ihn zu einem Block mit absolut geraden Rändern. Der Klumpen hielt seine Form fantastisch; die Ecken und Kanten waren so scharf wie der klarste Gipsabdruck. Der Ton behielt seine Blockform etwas mehr als eine halbe Stunde bei, bevor er begann, sich zusammenzuziehen. Wenn man ihn heiß genug brannte, konnte man dann aus dem Ton Pflastersteine herstellen? Tormod schnitt mehrere Achtel ab und backte sie, aber nein: Sie härteten nicht aus. Der Ton behielt seine Form, war aber auch bei hohen Temperaturen noch weich und nachgiebig; die Geschmeidigkeit blieb erhalten. Tormod modellierte eine Schüssel aus dem Ton, eine Art Obstschale, und legte eine Handvoll Schrauben hinein. Der Teig schloss sich um die Schrauben, stieß sie aber rasch wieder ab – oder sollten wir sagen: er spuckte sie aus –, eine nach der anderen, und platzierte sie ordentlich nebeneinander auf der Werkbank. Tormod holte den Schneidedraht und teilte den Teig mit einem festen Schnitt in zwei Hälften. Die beiden Stücke lagen flach da, ihre Ränder krochen aufeinander zu, träge, ein wenig wie Blutegel. Keine der Bewegungen war abrupt. Tormod legte eine Hälfte auf die Töpferscheibe und die andere in einen Eimer. Er formte eine kleine Flasche aus dem ersten Stück und versuchte das zweite in Wasser zu ertränken. Aber die Teile bewegten sich weiterhin aufeinander zu und trafen sich wie ein Ölfleck auf dem Wasser oder wie Tröpfchen in einem schwerelosen Raum, wenn man so will. Der Ton erwies sich auch als geduldig. Als Türstopper verwendet, konnte er eine halbe Stunde daliegen, ohne sich zu regen. Tormod ließ elektrischen Strom durch ihn hindurchfließen, was seine Bewegungen beschleunigte. Er rollte ihn flach aus wie ein Stück Papier. Er konnte lange Schlangen daraus ziehen, dünn wie Haarsträhnen. Aber egal, wie er den Teig auch drehte und wendete, der Ton reagierte ruhig, sanft, nachgiebig, aber kraftvoll – stark, fest, selbstbewusst. Der Klumpen hatte eine Reihe von unglaublichen Eigenschaften. Seine Bewegungen wirkten fast gewollt. Wie ein vernunftbegabter Muskel.

13

MAN KANN SICH ausmalen, wie begeistert Alf und Helene über die enorme Entwicklung des Tons waren. Sie jauchzten und jubelten, als Tormod sie auf den Teig losließ. Die Kinder stellten schnell fest, dass man den Ton in mehrere Stücke teilen und diese in zwei Lagern einander gegenüberlegen konnte, und hier war Alf plötzlich in seinem Element. Wochenende für Wochenende setzte er sich hin und erfand ein Spiel. Dafür produzierte er eine ganze Reihe kleiner Spielfiguren und stellte sie sorgfältig auf. Es war fast so, als hätte er in der Werkstatt eine Art Live-Rollenspiel entwickelt. Tormod erinnerte sich an den Abenteuerfilm, den er als Junge einmal gesehen hatte – einer der Protagonisten besaß ein Schachbrett, auf dem die Figuren lebendige Miniatursoldaten waren, die gegeneinander kämpften. Es war Tormods größter Kindheitstraum gewesen, und er beobachtete aufgeregt, wie Alf diesen nun Wirklichkeit werden ließ.

Helene formte gerne Tierköpfe aus etwas größeren Stücken, aber egal, wie gut sie Nase, Gesicht oder Schnauze modellierte, der Ton wandelte sich stets und durchlief innerhalb einer Stunde eine Reihe grotesker Veränderungen. Fast, als würde er Grimassen ziehen. Helene kreierte ständig neue Köpfe und gab ihren Figuren kleine Beine, auf denen sie sich vorwärtsbewegen konnten. Es war faszinierend. Jeden Abend fügten sich die Stücke wieder zusammen, und bevor die Kinder schlafen gingen, legten sie den Klumpen vorsichtig in den Palettenrahmen, sein neues Bett, wo eine Schicht frischer dunkler Erde auf ihn wartete. Dort konnte er ruhen und alles aufnehmen, was er brauchte.

Einige Wochen lang wurden Sivs feste Rituale mit den Kindern beiseitegeschoben, vergessen. Sie waren schon lange nicht mehr in der Pizzeria ihres Cousins gewesen, auch hatten sie nicht mehr geplaudert, herumgeblödelt oder sich ernsthaft unterhalten, wie sie es normalerweise taten. Das letzte Mal, dass sie wirklich Zeit zu dritt miteinander verbracht hatten, war das Wochenende bei ihrer Mutter gewesen, nachdem Tormod sich so danebenbenommen hatte, aber an diesen beiden Tagen war die Stimmung so schlecht gewesen, dass sie eigentlich nicht viel geredet hatten. An den vergangenen zwei Wochenenden hatte Siv versucht, die Kinder mit Filmen, Spaziergängen im Wald und einem Ausflug in den Zirkus (!), der gerade in der Gegend war, in Versuchung zu führen, aber die Kinder waren abgelenkt und antworteten listig, sie hätten keine Zeit. Siv wandte sich an Tormod.

»Ich möchte mit den Kindern in den Zirkus.«

»Super«, antwortete Tormod ausdruckslos.

»Diesen Sonntag.«

»Klingt gut. Nur zu.«

Tormod wusste natürlich, dass die Kinder den Vorschlag ablehnen würden, und es dauerte nicht lang, bis Siv dieses als Großmut oder Sachlichkeit getarnte Selbstbewusstsein durchschaute. Sie sah ihren Mann finster an. Sie wusste, dass sie nichts sagen konnte. Er hatte ihre Idee voll und ganz unterstützt; sie hatte nichts gegen ihn in der Hand. Sie konnte Alf und Helene nicht zwingen, in den Zirkus zu gehen, wenn sie nicht wollten. Schließlich gab es Grenzen, und daher ließ Siv es gut sein.

Aber wie lange konnten sie Siv im Dunkeln lassen? Wie könnten sie sie mit dem unglaublichen Teig bekannt machen? Tormod beschloss, die Kinder um Rat zu bitten und gemeinsam mit ihnen einen Plan auszuarbeiten. Es bestand kein Zweifel, dass die Kinder sich darauf freuten, ihrer Mutter den Ton zu zeigen. Insgeheim war Tormod auch gespannt auf Sivs Reaktion – das gäbe ihr wirklich einmal Stoff zum Nachdenken.

Es war Helene, das Mädchen mit dem brillanten Verstand, das die Lösung fand. Sie hatte bemerkt, dass der Ton sich winden und eine Fläche trocknen konnte, indem er die Flüssigkeit aufsaugte. Bedeutete das nicht auch, dass er schrauben, zerkleinern und schrubben könnte? Ja, nickten Tormod und Alf zustimmend. In diesem Fall, schlug Helene vor, könnten sie vielleicht den Teig dazu bringen, die Hausarbeit zu tun, die ihre Mutter ungern erledigte. Sie hatte vollkommen recht, bekräftigten die anderen, und sie vereinbarten, die nächsten Wochenenden darauf zu verwenden, den Teig zu trainieren, bevor sie ihre Mutter zu einer Demonstration einluden. Tormod musste Helene erklären, was eine Demonstration war: eine Vorführung dessen, was möglich sei, sagte er. In diesem Fall also das, wozu der Teig imstande war. Sie gingen in die Werkstatt und übten mit dem Teig das Schrauben, Zerkleinern und Schrubben, wie es Helene vorgeschlagen hatte. Der Teig schien sehr lernfähig zu sein. Er verinnerlichte die Bewegungen und bildete sie mit großer Präzision und ebenso großer Zuverlässigkeit nach. Er nahm auch weiter zu und quoll langsam auf. Er roch nach Hefe, Dreck und Moos. Tormod öffnete ständig das Garagentor und versuchte, den Muff vom Haupthaus fernzuhalten. Geradezu zwanghaft schloss er die beiden Türen zur Küche.

»Die Tür!«, bellte er, wenn die Kinder irgendwohin gingen. Alle drei achteten sehr darauf, leise zu arbeiten. Nach jeder Sitzung deckten sie den Teig ordentlich zu und versteckten ihn.

Als der fragliche Freitag endlich da war, bauten sie einen Klapptisch in der Werkstatt auf und stellten einen zusätzlichen Stuhl dazu. Darauf konnte ihre Mutter während der Vorführung sitzen – oder der »Demonstration«, wie sie es jetzt alle nannten. Helene hatte eine Blumentischdecke über die Platte gebreitet, und Alf schlug vor, ein Glas Wein und eine Schüssel mit Pringles daraufzustellen. Gesagt, getan. Dann warteten sie voller Spannung darauf, dass Siv vom Salon nach Hause kam, damit ihre Demonstration beginnen konnte.

Siv hatte bislang kaum einen Fuß in Tormods Werkstatt gesetzt und war immer noch überzeugt davon, dass die Kinder dort nichts zu suchen hatten. Daher machte sie ein angewidertes Gesicht, als sie an diesem Tag eintrat. Sie sah wirklich angespannt aus. Für Siv war die Werkstatt von Natur aus mit Risiken verbunden, aber als sie nun zu ihrem Platz geführt wurde – setzte sie sich. Sie sah wirklich angespannt aus. Hatte sie sich im Laufe des Tages wieder die

Haare schneiden lassen? Ja, dachte Tormod; es schien jetzt definitiv kürzer zu sein. Siv lächelte schwach, als Alf ihr sagte, sie solle es sich bequem machen, und fragte, ob sie für eine echte Überraschung gewappnet sei.

Denn die erlebte sie, darauf kann man Gift nehmen. Helene hob das Segeltuch hoch, das den Klumpen bedeckte, und da war er. Alf drückte den Griff eines Schraubenziehers in den Ton. Der Klumpen drehte eine dicke Schraube in ein 10 mal 10 Zentimeter großes Holzstück, das in einem Schraubstock an der Werkbank befestigt war. Das Holz knirschte und knarrte, als sich die Schraube hineinfraß, und der Ton drehte sie so fest, dass der Schraubenkopf verschwand. Trotzdem konnte Alf den Schraubenzieher mühelos aus dem Klumpen ziehen und ihm stattdessen ein Tranchiermesser geben. Helene holte eine Gurke hervor, die sie auf ein Schneidebrett legte. Der Tonklumpen hackte die Gurke sofort in gleichmäßige hauchdünne Scheiben. Blitzschnell von einem Ende zum anderen. Was? Wie war das möglich? Siv war erschüttert, völlig geplättet, wie man so schön sagt. Während sie noch um Fassung rang, begannen die Kinder schon mit der nächsten Nummer: Alf schüttete einen Becher Sauerrahm auf den Boden, direkt vor die Füße seiner Mutter. Tormod hievte den Ton hinab – er war sehr schwer geworden. Helene rannte herbei und gab ihm einen Lappen. Mit kreisenden Bewegungen fing der Ton an, den Rahm aufzuwischen. Ja, er hinterließ Lehmspuren, als er sich fortbewegte, aber jeder Tropfen saurer Sahne wurde entfernt. Da war das Maß voll. Ihre Mutter verzog das Gesicht und rief: »Nehmt dieses Ding weg!«

Schockiert sprang sie auf und wich in Richtung Tür

zurück. »Was hast du getan, Tormod?« Ihre Miene spiegelte eine Reihe von Gefühlen wider. Erst war sie angeekelt, dann bekam sie Angst. Dann war sie gereizt, dann wurde ihr übel. Aber zu keiner Sekunde zeigte sie Interesse. Sie wollte nichts mit dem dynamischen Ton zu tun haben, das war völlig klar, und die Kinder spürten, wie Enttäuschung in ihnen aufstieg. Siv wandte sich von ihrer Familie ab und schlurfte durch den Raum, zur Tür hinaus (die sie hinter sich zuwarf), durch die Küche, ins Wohnzimmer, wo sie kopfschüttelnd innehielt. Sie griff nach ihrem Telefon und rief Anita an.

Tormod und die Kinder hoben den Klumpen zurück in sein Bett und packten die restlichen Requisiten schweigend weg. Helene wagte es nicht, ihren Vater anzusehen. Alf steckte seinen Finger in den Rahmbecher und schleckte die Reste auf.

Wenn Siv und Tormod diskutierten, fielen oft ungewöhnliche Ausdrücke, und das geschah auch in dieser Nacht in ihrem Schlafzimmer. Siv verwendete das Wort »Machwerk« bei ihrer Beschreibung von Tormods Ton ebenso wie »Auswuchs« und »Dämon«. Sie nannte ihn sogar einmal »Missgeburt«. Tormod seinerseits benutzte Begriffe wie »Beitrag«, »Fürsorge«, »anfallende Arbeiten« und nicht zuletzt »Zugewinn«. Wie könne Siv überhaupt vorschlagen, den Teig loszuwerden? Wohin sollten sie ihn bringen? Siv argumentierte dagegen: Wie Tormod überhaupt darauf komme, die Kinder an solch unvorhersehbaren Aktivitäten in der Werkstatt teilnehmen zu lassen? Ob er keine Grenzen kenne? Ob er wisse, welche Risiken er dort eingehe?

Gereizt machte sie sich bettfertig, spritzte sich etwas zu aggressiv Wasser ins Gesicht und rieb sich dann hektisch Feuchtigkeitscreme auf die Haut. Tormod wusch sich mit seiner Seife die riesigen Hände und klatschte sich dann dreimal fest auf die Wangen. Als Nächstes drückte er gestreifte Zahnpasta auf seine kleine Bürste und schrubbte die Zähne; sein Kopf war leer, er putzte mit mechanischen Bewegungen. Als er die Nachttischlampe ausmachte, sah er zu seiner Frau hinüber. Er konnte nur ihren teigigen Rücken erkennen, von ihrem BH-Träger in der Mitte geteilt. Wie in einem seltsamen Spiegelbild wurden auch ihre kurzen Haare und ihr Hinterkopf durch das Gummiband ihrer Schlafmaske in zwei Hälften geteilt. Tormod lag in der Dunkelheit. Seine Gedanken rasten, aber er schaltete schnell ab, was er schon immer gut gekonnt hatte, und gab sich dem Schlaf hin. Sein Körper war hochgewachsen, muskulös, verbraucht, schwer wie eh und je. Und dieser große, stämmige Mann – nun schlief auch er.

14

HELENE WAR MIT einer lebhaften Fantasie gesegnet. Seit mindestens zwei Jahren hatte sie einen wiederkehrenden Tagtraum, der an die Handlung von Don Siegels Klassiker *Invasion der Körperfresser* erinnerte. Helene stellte sich vor, dass fremde Wesen die Körper ihrer Eltern, Siv und Tormod, in Besitz genommen hatten. Die Eindringlinge waren in die Haut ihrer Mutter und ihres Vaters geschlüpft und verhielten sich nun wie »Eltern«, um nicht entlarvt zu werden. Je mehr sie sich wie ihre Eltern verhielten, desto überzeugter war Helene, dass sie tatsächlich Monster waren, denn die Monster würden so »normal« wie möglich handeln, um die schreckliche Wahrheit zu vertuschen. Mit anderen Worten: Es war eine selbsterfüllende Fantasie. Während Helene auf der Suche nach Indizien für die Invasion um das Haus herumschlich, saßen die Monster im Wohnzimmer und sahen sich die Nachrichten an oder machten sich Sorgen wegen der lebhaften Fantasie ihrer Tochter. Die Monster fuhren zur Arbeit und kamen nach Hause, aßen zu festgelegten Zeiten zu Abend und erledigten den Abwasch. Alles, was sie taten, diente dem Zweck, ihr monströses Wesen zu verbergen.

Helene wollte auch unbedingt zu dem Ton. Sie blieb wachsam: Der Tonklumpen war der Beweis dafür, dass die

Vertuschungsaktion ihrer Eltern allmählich Risse bekam! Der Kitt – eine Spore, die einer von ihnen abgesondert hatte – war entkommen und lebte jetzt in der Werkstatt. Mehr über den Klumpen in Erfahrung zu bringen, war Helenes Chance, herauszufinden, was die Kreaturen im Schilde führten. Sie quengelte so lange, bis Tormod sie unter der Bedingung, ihrer Mutter nichts zu sagen, in die Werkstatt ließ. Helene versprach es ihm. Sie spielte stundenlang mit dem Teig, plapperte ohne Unterlass und gab ihm verschiedene Aufgaben. Der Ton folgte ihren Anweisungen aufs Wort. Tormod beobachtete das Ganze und bemerkte, dass der Teig exponentiell zu lernen schien und die regelmäßig ausgeführten Aufgaben immer besser beherrschte. Er gab Helene eine Liste von Prozessen, die sie mit dem Ton üben konnte. Die Kleine war unermüdlich und beschäftigte den Teig so oft es ging. Immer wenn Alf in der Werkstatt war, verbrachte er die meiste Zeit damit, die bereits erwähnten Spielfiguren zu modellieren, die er dann in einer Art Krieg gegeneinander antreten ließ.

Da Siv normalerweise die Wäsche wusch, trugen die Kinder Schürzen, um zu vermeiden, dass sie sich bekleckerten. Hin und wieder brummelte sie etwas über den Schmutz auf ihren Kleidern oder über die Werkstatt im Allgemeinen, aber Tormod ignorierte ihre Giftpfeile mittlerweile. Und um die Wahrheit zu sagen: Tormods etwas undiplomatische, kühle Art verfehlte ihre Wirkung nicht. Siv schluckte ihren Stolz hinunter, begrub das Kriegsbeil, fuhr die Krallen ein und ließ ihn gewähren. Aber sie war besorgt. Es war keine eingebildete oder unbegründete Sorge – die Bewegungen des Teigs ähnelten denen eines Blutegels oder anderer Weichtiere. Während der »Demonstration« hatte sich das Ding zusammengezogen und zu einer Kugel geformt, dann hatte es sich plötzlich zu einer abstoßenden dünnen Spitze ausgedehnt, als es die saure Sahne vom Boden wischte. Der Anblick hatte in Siv Angst und Ekel ausgelöst.

Der Frühsommer rückte immer näher, eine Zeit, die man in Norwegen gern im Freien verbringt, und Tormod nutzte die hellen Nachmittage, um einige Heimwerkerarbeiten zu erledigen und dies und das im Haus zu reparieren. Wenn er in der Werkstatt Materialien herstellte, etwas zusammenfügte oder schweißte, holte er den Ton zu Hilfe. Anfangs gab er ihm statische Aufgaben wie Halten, Spannen oder Greifen, und das klappte perfekt – der Ton war fest und stabil. Tormod brauchte keine Böcke mehr, wenn er sägte, der Teig hielt die Bretter und Balken in eisernem Griff. Tormod verzichtete auch auf seinen Schraubstock, weil der Teig alles festklemmen konnte. Er konnte den Ton sogar in zwei oder vier Stücke teilen, wenn er mehrere Druckpunkte brauchte – der Ton war sensationell stark. Und er hatte eine unendliche Ausdauer: Wenn Tormod zwei Holzstücke leimen musste, konnte der Klumpen sie die ganze Nacht über zusammenpressen. Sobald Tormod am nächsten Morgen in die Werkstatt kam, musste er den Ton nur anstupsen, und der ließ das Holz sofort los, ohne Gegenwehr.

Nach und nach übertrug Tormod dem Ton auch dynamischere Aufgaben. Er ließ ihn sägen und schneiden, wenn etwas geschnitten werden musste. Schrauben auch; der Klumpen beherrschte das aus dem Effeff. Mit einem altmodischen Handschraubendreher war er stärker und effektiver als

Tormods Akkuschrauber. Außerdem bohrte er mir nichts, dir nichts nicht nur durch Holz, sondern auch durch Beton und Stahl. Tormod fertigte ein stilisiertes Bild für ein neues Gitter über dem Abfluss in der Werkstatt an. Der Ton schnitt und bohrte alle kleinen Löcher in den Stahl, eine Aufgabe, die normalerweise umständlich und zeitaufwendig war.

Gewissermaßen näherten sie sich behutsam dem Ausgang der Werkstatt. Tormod war sich seit einiger Zeit der Tatsache bewusst, dass es irgendwann so weit sein würde, aber er hielt sich strikt an die neue Taktik, Siv mehr oder minder zu ignorieren, und überstürzte nichts. Er wollte keine Aufregung verursachen, übte zugleich aber trotzdem einen stillen Druck auf seine Frau aus. Eines Nachmittags, als sie länger arbeitete, trug Tormod den Tonklumpen in die Küche und sagte den Kindern, sie würden zusammen kochen, und der Ton würde ihnen helfen. Sie entschieden sich für Tacos, da es dafür viel zu schnippeln gab. Gemüse und Koriander hacken, Salsa rühren, Pinienkerne für die Guacamole zerdrücken, den Salat ausschütteln und sogar den Käse reiben – all diese Aufgaben übernahm der Ton. Alf und Helene waren überglücklich. »Der Ton weint nicht!«, rief Helene lachend. Sie war sonst immer ganz fasziniert von der Tatsache, dass Zwiebeln die Menschen zum Weinen brachten. Nein, der Ton weinte nicht. Er hatte keine Augen, und er hackte eine Menge Zwiebeln. Danach trugen sie den Klumpen zurück in die Werkstatt und begrüßten ihre müde, leicht ausgelaugte Mutter im Wohnzimmer mit einem kompletten Taco-Büfett. Sie liebte Tacos, und der Anblick munterte sie auf. Ein Corona segelte ebenfalls herbei. Alf öffnete die Dose für sie, geschickt wie ein Kellner, und füllte ihr Glas. Ihre Mutter nahm ein paar tiefe Schlucke und kam wieder zu Kräften. Zum Nachtisch gebe es sogar Zimtschnecken, erfuhr sie. Als sie fertig gegessen hatten, konnte sich Helene nicht mehr zurückhalten. »Rate mal, wer die Tacos gemacht hat, Mama!«, platzte es aus ihr heraus. »Meine Güte, warst du das etwa?«, fragte Siv leise; inzwischen hatte sie zwei Coronas intus. »Es war der Ton!«, rief Alf. Helene war wütend: »Ich wollte es ihr sagen, Alf! Du bist so gemein!« Dann fing sie an zu weinen, und Siv musste das Mädchen trösten. Sie bekam keine Gelegenheit, auf die Nachricht zu reagieren, dass der Ton in der Küche gewesen war und die Tacos zubereitet hatte, aber sie hatte definitiv eine Meinung dazu.

So verbrachte der Tonklumpen allmählich immer mehr Zeit im Haus – als Helfer in der Küche. Er bekam einen eigenen kleinen Hocker und eine Bank zum Arbeiten. Siv würde nie wieder Gemüse schnippeln müssen. Mit am Tisch sitzen durfte er nicht, das lehnte Siv kategorisch ab, und Tormod versuchte erst gar nicht, ihr zu widersprechen. Er trug den Klumpen einfach zurück in sein Bett in der Werkstatt, sobald er fertig gehackt und gerührt hatte. Nach einiger Zeit musste er ihn nicht einmal mehr tragen. Tormod ging einfach voraus, und der Ton kam automatisch hinterher. Er war jetzt etwa fünfzig Zentimeter hoch und folgte Tormod wie ein träger, runder rötlicher, watschelnder dreidimensionaler Schatten.

Dorfbewohner neigen dazu, die Dinge auf sich beruhen zu lassen, ohne viel zu diskutieren. Wenn etwas lange genug in den immer gleichen Bahnen läuft, gewöhnen sich Dorfbewohner an alles, und Siv machte da keine Ausnahme. Nach einer Weile wurde es zur Norm, dass der Tonklumpen in der Küche war. Er begann sogar ins Wohnzimmer zu gehen, wenn Tormod sich dort aufhielt. Einmal ließ Tormod ihn neben dem Fußschemel liegen, während sie einen Film sahen, als würde der Ton ihn ebenfalls schauen, und er bemerkte, dass es Siv ganz unbehaglich wurde. Ein anderes Mal, als er sicher war, dass sie hinschaute, schleuderte er einen seiner Pantoffeln quer durch den Raum und ließ ihn vom Ton apportieren, als wäre dieser ein Hund. »Kluges Ding!«, flüsterte er begeistert, als sich der Teig zu ihm zurückschlängelte. Immer öfter zogen sie das Ganze in die Länge, und die Kinder verbrachten den Abend damit, mit dem Tonklumpen auf dem Boden des Wohnzimmers herumzualbern. Sie teilten den Ton, stellten die Stücke einander gegenüber auf, und sie wurden immer vernarrter in ihn.

Eines Abends hörte Tormod ein Tuscheln aus der Ecke. Als er näher kam, bemerkte er, dass die Kinder dabei waren, aus dem Ton einen Hund zu formen. Er lachte. Er lobte sie. Dann nahm er sein Handy und öffnete einen Bildordner mit dem Namen »Snusken«. »Da«, sagte er und zeigte den Kindern das Display. »Versucht, sie nachzumachen.« Aus den Augenwinkeln warf er Siv einen Blick zu. Sie mochte zwar in ihre Fernsehsendung vertieft sein, aber sie hatte immer noch Ohren. Alf und Helene waren mittelmäßige Skulpteure, und der Klumpen verwandelte sich in eine halb abstrakte, schiefe picassoeske Hundefigur, die ein paar Meter weit durch den Raum hinkte und dann umkippte. Alf und Helene brüllten vor Lachen, richteten den

Ton auf und formten ihm die Beine neu. Er fiel wieder um. Helene sagte mit verstellter Stimme: »Darf ich jetzt in meine Hütte gehen?« »Natürlich darfst du das«, sagte Tormod, während er zu Siv hinüberlinste. Er holte einen Schraubendreher und fragte den Klumpen, ob er die Schrauben selbst lösen wolle. Der Klumpen packte den Schraubendreher mit dem, was jetzt ein Bein, eine Pfote, war, und schraubte Snuskens Klappe auf. Dann glitt er hinein und legte sich hin. »Er hat jetzt ein eigenes Haus!«, riefen die Kinder. Gleich am nächsten Nachmittag brachte Tormod die erdene Matratze aus der Werkstatt in den Zwinger, und von jener Nacht an lag der Ton darauf wie in einem Bett und absorbierte die Nährstoffe – oder, wie sie es nannten, »lud sich auf«.

15

EINES NACHTS BEGANN es wie aus Kübeln zu schütten, wie es so schön heißt. Ein starker Frühlingsregen, ein Regenguss, der die Auffahrt in einen Sumpf verwandelte. Als Tormod am nächsten Morgen versuchte, rückwärts aus der Garage zu setzen, um zur Arbeit zu fahren, blieb er im Schlamm zwischen Fahrspur und Rasen stecken. Er hatte einen anstrengenden Tag vor sich – er hatte versprochen, die Kinder in die Schule zu bringen, und sie warteten beide in ihren Regenmänteln vor dem Haus und starrten ihren Vater an, der nicht von der Stelle kam. Tormod fluchte nicht laut, das tat er nie, aber es war offensichtlich, dass er innerlich tobte. Ohne Vorwarnung stieg er aus dem Auto und stapfte zum Haus, genauer gesagt: zum Hundezwinger. Er bückte sich, streckte die Hand durch die kleine Tür und zog den sich sträubenden Ton heraus. Der Klumpen wand sich wie eine Made. Als Tormod zum Auto zurückkehrte, legte er den Ton auf den Boden und breitete ihn flach wie einen Teppich aus. Dann positionierte er den Tonteppich unter dem Hinterrad, er drückte ihn richtig hinein. Er stieg ins Auto und startete den Motor. Während die Kinder aus Protest kreischten, ließ Tormod die Kupplung los und bugsierte den Wagen aus dem Morast. Der Ton umklammerte fest den Reifen und bewegte sich darunter vorwärts. »Was machst du da, Papa?!«, schrien die Kinder. »Beruhigt euch, es ist nur Ton«, sagte Tormod. Dies war das erste Mal, dass der Ton draußen im Garten war, und damit war eine weitere Schwelle überschritten – buchstäblich: die Türschwelle.

Am darauffolgenden Wochenende stand Siv am Wohnzimmerfenster und sah zu, wie der Klumpen Tormod und den Kindern half, Kartoffeln im Gemüsegarten hinter dem Haus zu pflanzen. Wie ein Maulwurf buddelte der Ton Löcher, kurze Furchen, und Helene folgte mit den Knollen. Alf ging hinter ihr und bedeckte die Löcher wieder mit Erde. Tormod ließ den Ton sogar ein Loch für den Rhabarber graben. Er selbst schien sehr wenig zu tun zu haben, er stützte sich auf seine Gartengabel und sah den anderen bei der Arbeit zu. Unten auf der Straße spazierten gelegentlich Leute vorbei, aber es war ihm egal. Nachdem alle Furchen bepflanzt waren, steckte Tormod die Gabel in den Ton. Dort blieb sie dann, aufgespießt, und imitierte Tormods Griff, während Tormod den nächsten Teil des Gemüsegartens mit der Ackerfräse bearbeitete. Die Kinder standen am Rand des Rasens, während ihr Vater die Anbaufläche für Karotten, Salat, Rote Bete, Goldrüben, Radieschen und Topinambur vorbereitete.

Das Wetter war umgeschlagen, und es war ein besonders schöner Tag. Die Familie Blystad lebte quasi autark. Das Haus und alles darin waren abbezahlt, das Auto ebenfalls. Sie hatten 250 Meter tief gebohrt, um mit Erdwärme heizen zu können, und der wenige Strom, den sie verbrauchten, kostete nicht viel. Tormod kümmerte sich selbst um alle Reparaturen und Wartungsarbeiten, und in ein paar Wochen würden sie auch alles Gemüse haben, das sie brauchten. Was hatten sie sonst für Ausgaben? Kleidung, Fleisch, Benzin und Telefone sowie Kabel-TV und WLAN. Das war kaum der Erwähnung wert. Die Familie hatte ausgesorgt.

Thune, der Nachbar, der 500 Meter entfernt wohnte, kam vorbei und grüßte Tormod. Sie unterhielten sich ein wenig, während der Ton die aufgespießte Gabel hielt, ohne dass sie sich auch nur einen Zentimeter bewegte. »Mensch, Tormod, du gräbst hier ja eine Menge.« Ja, die Kartoffeln seien gesetzt. Nein, er hoffe, dass es nicht so trocken werde wie im letzten Jahr. Ja, die Kinder hätten mitgeholfen, wie Thune sehen könne. »Hast du genug Kartoffeln für den Winter gepflanzt, Alf?«, rief Thune und lachte. Alf nickte und klopfte die Erde fest. Tormod ging zurück, und der Ton gab anstandslos die Gabel frei.

Mittlerweile formten die Kinder den Ton abends zu einem Hund, bevor er sich zum Aufladen in seinen Zwinger zurückzog, aber eines Tages bat Siv sie zu warten. Sie ging zum Besenschrank, nahm einen Wischmopp mit Einwegaufsatz heraus und gab ihn dem Klumpen. Sie machte sich nicht die Mühe, den Teleskopgriff herauszuziehen, damit der Ton den Mopp gut führen konnte. Nachdem sie das Griffende in den Ton gesteckt hatte, setzte sie sich auf das Sofa, legte einen Arm um Alf und den anderen um die kleine Helene, und sie begannen ihr samstägliches Fernsehritual. Aus den Augenwinkeln beobachtete Siv, wie der »Klumpen« oder das »Ding«, wie sie es nannte, unermüdlich den Parkettboden säuberte. Es schleifte den Mopp hinter sich her, wodurch alle Spuren von Ton, die es hinterließ, ebenfalls beseitigt wurden. Das Ding erinnerte sie an das Gerät, das im Winter die Eisfläche auf dem Spielplatz präparierte, oder an einen automatischen Rasenmäher. Vielleicht sogar an einen dieser Staubsauger-Roboter, die sie bei einem Bekannten gesehen und dabei schon überlegt hatte, sich selbst einen anzuschaffen. Als der Film um neun Uhr zu Ende war, blitzte und blinkte das gesamte Erdgeschoss. Siv zeigte es nicht offen, aber sie war begeistert. Vor dem Schlafengehen setzten sich die Kinder an die Klappe und formten wieder den üblichen Hund, diesmal eine Hündin mit einem überlangen Körper (»Wie eine Wurst!«, rief Helene lachend). Sie ließen los, und der Hund aus Ton krabbelte in seinen Zwinger. »Gute Nacht!«, riefen die Kinder ihm hinterher. Siv hockte sich zu den Kindern vor die Klappe und flüsterte: »Gute Nacht, Ding. Schlaf gut.« Es war das erste Mal, dass sie das tat. Sie lachten. Dann gingen alle zu Bett. Die gesamte Familie schlief gut in dieser Nacht – der Tonklumpen eingeschlossen.

16

AN EINEM MONTAGMORGEN erwachte Siv mit schrecklichem PMS. Die Hormone schwärmten – von wo auch immer – in alle Richtungen aus, nicht zuletzt in ihren Kopf. Die Schuppenflechte zwischen ihren Fingern (verursacht durch die Haarpflegeprodukte, die sie bei der Arbeit verwendete) war auch schlimmer geworden. Sie griff zum Telefon – diesmal war sie es, die sich krankmeldete. Siv hatte eine vage Idee, wie sie den Tag verbringen wollte, aber sie wartete, bis die Kinder zur Schule gegangen waren und Tormod zur Baustelle gefahren war, bevor sie in den Zwinger langte und den Ton herauszog. Der Klumpen wehrte sich.

»Na, komm schon«, sagte Siv. »Gehen wir eine Runde spazieren?« Sie hatte beschlossen, das Ding mit ins Dorf zu nehmen. Die Hundegestalt, die die Kinder vor dem Zubettgehen geformt hatten, hatte sich in der Nacht verflüchtigt, und der Ton machte nicht mehr viel her. Siv schluckte eine doppelte Dosis Schmerzmittel und kauerte sich vor die Klappe. Sie versah den Klumpen mit einem Schwanz, einem Hals und einem Kopf. Doch als sie die Beine und Pfoten machte, ging alles schief. Der Ton glich eher einem Dachs als einem Hund. »Was für eine Witzfigur«, murmelte sie, knetete ihn wieder zu einer Kugel und fing noch mal an. Auf der einen Seite modellierte sie eine Schnauze und zwei Vorderbeine. Aber weil die Hinterbeine fast unter dem viel zu dicken Nacken verschwanden, sah der Klumpen letztlich aus wie eine dicke, schiefe Robbe. Total lächerlich. Es war Jahre her, dass Siv sich an so etwas versucht hatte, und es war nicht einfach. Sie formte einen Ball daraus und begann wieder von vorn. Dieses Mal verpasste sie ihm eine unverhältnismäßig kleine Mittelkugel, setzte einen Kopf oben drauf und fügte zwei stumpfe Beine unten dran, mit denen er aufrecht stehen konnte wie eine kleine Person. Sie rollte Arme und befestigte sie an den Seiten. So sah es ganz süß aus, fand Siv, und sie rannte nach oben, kramte in einer Kiste mit alten Klamotten von den Kindern und kam mit einem kleinen Wollschal zurück (den ihre Mutter widerwillig für Alf gestrickt hatte, als dieser noch jünger gewesen war, damit er auf dem Spielplatz nicht fror). Siv band dem Ton den Schal um den Hals und setzte ihm mit einem fröhlichen »Na bitte!« einen kleinen Filzhut auf die Rübe. Der Hut stammte von dem Äffchen mit seiner geschnitzten Drehorgel, das in Helenes Zimmer stand. Der Tonklumpen wirkte jetzt wie ein winziger, alter Mann, bereit für einen Spaziergang. Siv nahm einen Filzmarker aus der Schüssel, in der sie auch die Schlüssel aufbewahrten, und malte ihm Augen.

»Jetzt siehst du gut aus«, sagte Siv.

Sie machten sich auf den Weg.

Die Proportionen hatte Siv völlig vergeigt. Ein Stummelbeinchen war dicker und kürzer als das andere. So oder so: Das Ding hinkte. Aber das muss reichen, dachte Siv. Sie humpelten langsam Seite an Seite die Auffahrt hinunter und dann hinaus auf die Straße. Es war ein weiterer schöner Frühlingstag. Alles blühte, blassgrün, der Boden war trocken, und da gingen sie, Siv und der Klumpen, der Klumpen mit Hut und Schal.

Was umgab sie? Råset im Sonnenschein. Ein Dorf im Osten Norwegens. Ob Garten oder Baustelle, alles wirkte hübsch sauber und aufgeräumt. Nicht reich, nicht arm, aber alles geordnet, alles perfekt durchschnittlich. Alles wirkte gewöhnlich. Verstreute Häuser. Davor geparkte Autos, darin Fernseher und Ecksofas. WLAN. Siv überlegte, am Gemüsehändler vorbei und die Allee entlangzugehen, was sie zur Post, zum Kiosk und nicht zuletzt zu ihrem Salon führen würde. Insgesamt war es etwas mehr als ein Kilometer. »Du bist ein zäher Bursche«, sagte Siv zu dem Tonklumpen. »Du schaffst das.«

Als sie am Laden vorbeikamen, liefen sie der rothaarigen Åse über den Weg. Siv kannte sie von der Grundschule, und sie hatte einen Sohn im gleichen Alter wie Helene. »Guten Morgen«, sagte Åse. »Was ist das für ein ulkiges Ding, das du da dabeihast?« Siv erklärte ihr, dass es ein Spielkamerad sei, den Tormod für die Kinder gemacht hatte. »Dieser Tormod, immer für eine Überraschung gut«, sagte Åse und gab ihr typisches glucksendes Lachen von sich, während sie den Kopf schüttelte. »Unglaublich.« Siv und der Klumpen setzten ihren Weg fort. Sie kamen an einigen Haussperlingen vorbei, die zwitschernd in einem Busch saßen. »Guck dir die Vögel an«, sagte Siv. »Piep, piep.« Der Klumpen watschelte weiter. Sie kamen an einem Garten mit einem riesigen Trampolin vorbei. »Darauf kann man auf und ab springen«, sagte Siv und zeigte darauf. »Trampolin.« Als sie sich der Post, dem Kiosk und dem Salon näherten, war das kürzere Stummelbeinchen des Dings noch kleiner geworden. Siv ging mit knackenden Knien in die Hocke und presste ihn zusammen, wodurch das Bein und der Fuß des Teigs etwas länger und weniger stummelartig wurden. Der Hut war ihm auch über die Augenlöcher gerutscht. Siv entfernte ein Stück Ton von seinem »Rücken« und drückte es oben auf den »Kopf«, wodurch er größer wurde. Dann setzte sie ihm den Hut wieder auf und schob ihn vorsichtig nach unten, damit er hielt. Dadurch verengten sich die Augenlöcher des Klumpens leicht, als blicke er finster drein. Das alles war gar nicht so einfach. »Jetzt siehst du anständig aus«, sagte sie. »Wollen wir den Mädels Hallo sagen?« Sie watschelten in den Salon.

Der Salon: ein weitläufiger, luxuriös eingerichteter, zu Geselligkeit einladender Raum. Nein, so konnte man Sivs Salon nicht beschreiben. Sivs Salon verfügte über vier verstellbare Stühle, Spiegel, Scheren und Kamm-Sets, zwei Regale mit Haarmasken, Wachsen und Schaumfestigern (von der volumenspendenden Sorte) und einen blauen Ringordner mit Beispielabbildungen für elegante Frisuren. Es war also kein *Salon* im traditionellen Sinne, aber es war definitiv ein Treffpunkt. Der Friseursalon war von zentraler Bedeutung für Råset. Es war ein Ort, an dem Kunden begrüßt und bedient wurden, und nicht zuletzt ein Ort, an dem sie sich unterhalten konnten – hier wurde viel geredet, und ist das nicht der Sinn eines Salons, historisch gesehen? Ein Ort, an dem man Informationen und Ideen austauscht?

Siv sah beim Eintreten, dass ihre drei Kolleginnen trimmten und föhnten, so fröhlich, wie es nur Friseure sein können. Alle waren Mitte dreißig, ungefähr so alt wie Siv, aber die Kunden auf den Stühlen waren mindestens zehn Jahre älter. Dort saßen zwei Frauen und ein Mann, die sich die Haare schneiden ließen, und der Mann war noch einmal ein gutes Stück älter als die beiden Damen, ganz klar schon recht betagt. »Siv! Bist du nicht krank?«, sagte eine ihrer Kolleginnen, Lisbeth, die dünne Bauerntochter von einem großen Hof in Østbygda. »Willst du eine Tasse Kaffee?«, sagte eine andere, Merete, die ursprünglich aus Gjøvik stammte. »Wer ist denn dieses Kerlchen?«, fragte die dritte im Bunde, Gry, eine wahre Frohnatur, und deutete auf den Klumpen. »Ach Gottchen, der kleine Hut ist so süß!« Sie lachten. »Ich habe so schlimme Bauch- und Rückenschmerzen«, sagte Siv. »Und ich brauche einen oder zwei Tage, damit der Ausschlag an meinen Händen verheilt. Es ist wieder schlimmer geworden.« »Oh nein, es ist wieder schlimmer geworden?«, sagte Lisbeth aus Gjøvik. »Das muss furchtbar wehtun.« Eine der älteren Damen, die sich die Haare schneiden ließ, räusperte sich und warf ein: »Mein Mann bekommt so schlimme Hautausschläge an den Ellbogen, dass er jeden Winter für zwei Wochen nach Lanzarote fliegen muss.« Die anderen stöhnten. »Nimm dir die Zeit, die du brauchst, Siv«, sagte die Dünne. »Sieh zu, dass der Ausschlag verheilt.« Man drückte Siv eine Tasse Kaffee in die weniger betroffene Hand. Mit einem kleinen leidgeprüften Seufzer parkte sie ihren Allerwertesten auf dem Sofa im Wartebereich und blies mit gespitzten Lippen auf den Kaffee. Siv Danielsen saß da wie auf einem Thron, nippte mehrmals an ihrem Kaffee und wartete auf weitere Reaktionen. Der Tonklumpen lag zu ihren Füßen und sackte langsam in sich zusammen.

Der alte Mann, dessen Haar rund um die Ohren und am Hinterkopf gekürzt wurde, schaute immer wieder zu ihr herüber. Schließlich konnte er sich die Frage nicht mehr verkneifen: »Wo in aller Welt hast du dieses Ding gekauft?« Siv verriet, dass sie es nicht gekauft habe, es sei selbst gemacht. »Du bist doch die, die den Sohn vom Oscar geheiratet hat, oder?«, fragte der Alte. »Genau«, sagte Siv. »Gute Handwerker, diese Leute«, sagte der Alte. »Ja, es liegt ihnen im Blut«, sagte Siv und fügte hinzu: »Dieser Bursche packt übrigens ordentlich mit an.« Mit diesen Worten beugte sie sich vor, formte einen kleinen Arm, nun gut, wohl eher eine Antenne, und ließ den Ton arbeiten. Langsam machte er sich daran, die Haare auf dem Boden zwischen den Stühlen zusammenzukehren, und schwang den Besen mit Geschick, sein Hütchen saß dabei in einem schrägen Winkel kess auf dem Kopf. Die Frauen lachten und kreischten, der alte Mann klopfte sich auf die Schenkel. Was es nicht alles gab. »Wie viel nimmt er in der Stunde?«, fragte die fröhliche Gry, während sie sich schieflachten. »Er arbeitet auf Honorarbasis«, antwortete Siv und sorgte damit für neue Lachsalven, die teilweise in rasselnden Husten übergingen. »Ich muss das Ding jetzt nur noch versteigern!«

Und während sich der Tonklumpen durch den Raum bewegte und den Boden fegte, scherzten Siv, ihre Kolleginnen und die Kunden mit Tränen in den Augen weiter. Offensichtlich bemerkten sie nicht, dass der Ton die Haare in sich aufsaugte. Der Klumpen kehrte die Haarbüschel gar nicht zusammen; er absorbierte sie, ließ sie spurlos verschwinden.

Nach einer halben Stunde packte Siv den Tonklumpen am Arm, lüftete seinen Hut wie ein höflicher, kleiner Herr und verabschiedete sich mit einem »Guten Tag« von den Leuten im Salon. Inzwischen war der Boden makellos sauber und auch die letzte Haarsträhne beseitigt. Nicht, dass es jemandem aufgefallen wäre; sie waren alle zu sehr damit beschäftigt, über den Ton zu lachen.

»Auch Ihnen einen guten Tag!«, rief der alte Mann mit dem frisch geschnittenen Haar und legte zum Gruß zwei Finger an die Stirn. Er lachte und lachte.

17

ALS TORMOD AN JENEM Nachmittag nach Hause kam, hockte der Klumpen mitten im Raum und trug immer noch Hut und Schal. Siv lag halb, saß halb (fläzte sich, könnte man auch sagen) auf dem Sofa und sah fern. Von hinten sahen ihre Wangen fast kugelrund aus. Tormod kniete sich hin und schnappte sich den Hut und den Schal des Tons. Er fragte, ob die Kinder ihn so ausstaffiert hätten. Siv sagte ihm die Wahrheit – nein, sie sei es gewesen. Sie habe den Ton vor dem Spaziergang ein bisschen herausputzen wollen.

»Vor dem Spaziergang?«, fragte Tormod.

»Ja«, meinte Siv und erzählte ihm, dass sie durch das Dorf zum Salon gelaufen seien, wo der Klumpen den Boden gekehrt habe.

»Du hättest sehen müssen, wie er gefegt hat«, sagte sie.

Tormod war sprachlos. Den Hut und den Schal hielt er immer noch in der Hand. »Das ist kein Zirkustier, Siv«, sagte er streng. »Er sollte das Grundstück nicht verlassen.« Dann trug er den Klumpen in die Küche, setzte ihn auf den Stuhl vor das Schneidebrett und ließ ihn Petersilie hacken und Parmesan reiben.

Es gab Carbonara zum Abendessen, dazu einen Lollo-Rosso-Salat. »Alle fanden den kleinen Klumpen toll!«, rief Siv aus dem Wohnzimmer, doch Tormod erwiderte nichts. Er war damit beschäftigt, Speck zu braten und mit kräftigem Klopfen Eier für die Sauce aufzuschlagen. Es kam ihm vor, als hätte er einen Knoten im Unterleib – was konnte das sein? Er war schon öfter wütend auf Siv gewesen, aber das hier fühlte sich anders an; es war keine Wut, nein. Er war ihr nicht böse. War es Unbehagen, das er empfand, weil Siv allein etwas mit dem Ton unternommen hatte? Es konnte doch nicht etwa Eifersucht sein?

Tormod bat die Kinder, den Tisch auf der Veranda hinter dem Haus für das in diesem Jahr erste Abendessen im Freien zu decken. Helene breitete eine weiße Papiertischdecke über die Tischplatte, und Alf brachte Teller, Besteck, Gläser und die Schüssel mit dem Salat. Dann holten sie den Klumpen. Sie trugen ihn zwischen sich und setzten ihn ein wenig abseits vom Tisch an die Wand.

Tormod forderte alle auf, nach draußen zu gehen – die Nudeln seien fertig, und er müsse sie mit dem Ei mischen, solange sie noch heiß seien, sonst käme nur eine eklige Sauerei aus rohem Ei und halb geschmolzenem Käse dabei heraus. Siv und die Kinder setzten sich, und Tormod kam mit einer Bratpfanne voller Speckstreifen auf die Veranda. Er hatte die Herdplatte am Ende voll aufgedreht, sodass der Speck schön knusprig und die Pfanne glühend heiß waren. Aber hatten Alf und Helene an den Korkuntersetzer gedacht? Oh nein. Der Tisch war aus Plastik und die

Veranda aus behandeltem Holz, und den Rasen wollte er nicht versengen. Tormod hielt kurz inne und überlegte. Er wusste, dass die Nudeln in der Küche schnell an Hitze verlieren würden, und der Zeitfaktor war – wie erwähnt – entscheidend. Er hielt Alf die Pfanne hin, aber der Junge starrte seinen Vater mit seinem üblichen leeren Gesichtsausdruck an.

»Komm schon, nimm die Pfanne«, fuhr Tormod ihn an.

Alf nahm sie ihm ab und bekam sie nicht richtig zu fassen.

»Nimm sie mit beiden Händen. Sie ist schwer.«

Alf hielt die schwere Eisenpfanne so gut er konnte, aber er war nicht stark genug, und sie kippte nach vorne. Tormod war mit zwei langen Schritten beim Tonklumpen und verpasste ihm einen Tritt, sodass er quer über die Veranda bis zum Tisch segelte. Dann schlug er ihn mit einem seiner Crocs platt, nahm Alf die glühende Pfanne ab und stellte sie auf den Ton. Es gab ein zischendes Geräusch, und der Klumpen zuckte, aber die Pfanne blieb, wo sie war.

»Papa!«, rief Helene.

»Mach das nicht, Tormod«, sagte Siv.

Doch Tormod eilte bereits zurück in die Küche, wo er rasch die Eier und den Käse mit der bereits etwas kühlen Pasta vermengte. Dann trug er die Mischung in einer Keramikschale nach draußen. Er hob die Metallpfanne von der Tonplatte, kratzte den knusprigen Speck in die Schüssel und streute Petersilie darüber. Zuletzt stellte er die Pfanne wieder auf den Tonklumpen, der nun eine perfekte Pfannenform aufwies, er sah fast wie ein Backblech aus.

»Guten Appetit«, sagte er.

Nachdem Siv eine Weile schweigend gegessen hatte, sagte sie:

»Das hättest du mit einem Hund nicht gemacht.«

»Es ist aber kein Hund«, erwiderte Tormod.

18

DIE SOMMERFERIEN STANDEN kurz bevor, und Helene verkündete, dass sie am Ende der Woche einen sogenannten Spielzeugtag in der Schule habe. Die Kinder sollten ein Spiel oder ein Stofftier von zu Hause mitbringen, vielleicht sogar etwas, das sie in ihrer Freizeit gebastelt hatten, und ihren Mitschülern etwas darüber erzählen. Helene fragte Tormod, ob sie den Tonklumpen nehmen dürfe. Tormod wehrte ab. Er fand die Idee nicht berauschend. Helene hielt dagegen, der Klumpen sei ihr Hobby, es gebe nichts, mit dem sie lieber spiele. Darauf erwiderte Tormod, dass der Ton zu schwer sei, noch dazu wüssten sie nicht, wie er sich in der Gesellschaft anderer Kinder verhalten würde.

»Nur ein bisschen, Papa«, flehte Helene mit dünner Stimme. Sie wollte in der Schule unbedingt damit angeben. Und Tormod, der bei seiner Tochter nie hart bleiben konnte, sagte dann: »Na gut, aber nur ein kleines Stück davon. Und sobald ihr euch die Sachen gezeigt habt, steckst du ihn weg und nimmst ihn nicht mehr zum Spielen heraus.« Helene nickte. »Und keine Bilder oder Videos.« Helene versprach es hoch und heilig. Tormod schnitt vom Ton eine Wurst ab, ungefähr so dick wie der Unterarm des Mädchens. Er schnappte sich ein altes Geschirrtuch, befeuchtete es und wickelte es um den Ton. Dann legte er diese Rolle in einen Gefrierbeutel, den er zuband und an die vor Freude und Aufregung ganz zappelige Helene weiterreichte. Auf dem Weg zur Schule spürte sie, wie sich der Ton in ihrem Ranzen hin und her wand. Es war fast so, als hätte sie ein Baby im Bauch, nur eben auf dem Rücken. Das war so aufregend, und Helene spürte Hunderte von Schmetterlingen in ihrem Magen. Sie kitzelten und kribbelten so sehr, dass sie zur Toilette laufen musste, bevor der Unterricht begann.

Es kam der Zeitpunkt, an dem alle vorzeigten, was sie mitgebracht hatten. Ein Kind holte einen Satz Gummibänder hervor, aus denen man eine Art Spirale zwirbeln konnte. Ein anderes hatte eine vierzig Jahre alte Transformers-Figur, die ihm sein Vater, der sie von seinem eigenen Vater bekommen hatte, geschenkt hatte. Es handelte sich um einen mechanischen Stegosaurus, der sich in einen menschenähnlichen Roboter verwandeln konnte, aber die Gelenke saßen locker, und die Hälfte seines Dinosaurierkopfes war abgefallen. Geir, der Junge mit den dunkelsten Haaren der Klasse, präsentierte eine Maultrommel und spielte eine Melodie. Er hatte geübt und wusste, wie man »Beats« produzierte. In seinem Mund klang die Maultrommel eher wie ein Gerät, das Technomusik erzeugte, und nicht wie ein traditionelles Instrument. Es war beeindruckend, und alle klatschten.

Die Kinder wurden alphabetisch nach ihren Vornamen aufgerufen, und auf G wie Geir folgte H wie Helene, die schon ungeduldig wartete, den Ranzen zu ihren Füßen. Sie war inzwischen acht. Sie öffnete den Beutel, nahm das feuchte Geschirrtuch heraus und legte es feierlich auf das Pult. »Hast du Marmelade von deinem Vater mitgebracht?«, fragte einer der Witzbolde, natürlich Robert, der Klassenclown – seine Mutter war an Krebs gestorben, und sein Vater guckte des Öfteren zu tief ins Glas. »Halt die Klappe!«, fuhr ihn Helene an. »Na, na«, sagte die Lehrerin. Die anderen Kinder scharten sich um den Tisch und starrten Helene an, während sie das Geschirrtuch aufrollte. Die Lehrerin nickte anerkennend.

»Ton«, sagte sie. »Du warst schon immer gut im Werken, Helene.«

Helene packte den Ton und begann ihn zu kneten und zu formen. Es dauerte nicht lang, da hatte sie einen kleinen flachen Fisch hervorgebracht – wie sie es sich vorher überlegt hatte –, möglicherweise eine Groppe, und kaum hatte sie die Schwanzflosse grob fertiggestellt, als sich der Ton regte und damit wie ein lebendiger Fisch auf dem Pult um sich schlug. Die Kinder quietschten vor Freude, und Helene brachte den Fisch dazu, sich noch mehr zu krümmen und zu winden. Sie machte ihn schmaler, dünner, eher wie einen Hecht, und der Ton verdrehte sich, sodass es aussah, als würde er die Schüler anstarren. Es gab mehr Geheul und Gejohle, und die Lehrerin war so fasziniert von Helenes Ton, dass sie fast vergaß, die Kinder zur Ruhe zu ermahnen. »Was für ein Gummi ist das?«, murmelte sie, während Helene das Maul des Hechts breiter machte und ein paar kleine kegelförmige Zähne hinzufügte. »Das ist ein Tonmix«, sagte Helene selbstbewusst. »Ein Tonteig. Er ist dynamisch.« »Aha, verstehe«, sagte die Lehrerin gebannt.

Robert konnte sich nicht zurückhalten. »Können wir den Hecht aufspießen?«, fragte er, ein Rowdy vor dem

Herrn, und durchbohrte den Fischkopf mit seinem Bleistift. Helene war keine, die sich so etwas gefallen ließ, und sie hatte auch keine Angst vor einem Kampf; sie packte den Jungen bei den Haaren und fauchte: »Robeeeeert!« Sie riss so fest daran, bis er quiekte und beinahe anfing zu weinen. Der Hecht schnappte mit den Kiefern. Die anderen Kinder schrien und stöhnten, es war fast grotesk. »Wir beruhigen uns jetzt alle mal«, sagte die Lehrerin. In diesem Augenblick klingelte es zum Mittagessen. Helene war sauer. Der aufgespießte Fisch lag vor ihr auf dem Tisch. Sie entfernte den Bleistift und schleuderte ihn auf Robert, der sich noch den schmerzenden Kopf rieb. Dann wickelte sie den Ton in das Geschirrtuch, aber anstatt das Bündel zurück in den Beutel zu legen, schob sie es unter ihren Pullover und ihr T-Shirt, das sie dann wieder in die Hose stopfte. Und anstatt mit den anderen zum Essen zu gehen, schnallte sie sich den Ranzen um und eilte zur Tür hinaus, über den Schulhof und durch das Tor, den Tonklumpen an ihrem Bauch. Sie lief nach Hause. Unterwegs zog sie sich immer wieder den Pullover übers Gesicht, um mit dem Klumpen zu sprechen. Sie erzählte ihm, dass Robert dumm und dass der Ton lieb sei, dass die anderen nie wieder mit ihm spielen dürften. Helenes magerer Körper hatte sich perfekt an den Rhythmus der Schule angepasst, was hieß, dass sie jeden Tag pünktlich um 11:45 Uhr einen Mordshunger bekam. Der Ton unter ihrem Pullover roch gut, fand sie. Es war nämlich so, dass Helene jede Art von Teig liebte. Brotteig, Lebkuchenteig, süßen Brötchenteig. Streng genommen roch der Klumpen eher nach Lehm als nach Teig, doch ein klein wenig teigartig roch er tatsächlich. Wie feuchter hefiger

Teig, wie ein Sauerteig mit Erde darüber, leicht fermentiert, mit einer keramischen Note. Helene war schon mehrmals in Versuchung geraten, aber jetzt, da sie mit dem Teig allein war, witterte sie ihre Chance. Hinter dem Spielplatz, auf der kurzen Seite der Eisbahn – die im Sommer als Kiesfußballfeld genutzt wurde –, stand ein baufälliger Schuppen mit einer Bank, auf die man sich setzen konnte, um Schlittschuhe oder Fußballschuhe anzuziehen. Helene nahm dort Platz und zog sich den Kragen ihres Pullovers über das Gesicht. Damit der Ton sich unter ihrem T-Shirt frei bewegen konnte, nestelte sie ihren rechten Arm aus dem Ärmel.

Der Ton dort unten sah so frisch aus. Fett und schön. Helene drückte den Teig sanft, wodurch er sich wand. Zupfte summend an ihm herum. Dann tat sie etwas Dummes. »Kosten wir mal den Ton, das Fischlein, den Seehund, den Lachs, die Fliege, den Pudding«, sang sie, während sie ein kleines Stück abriss. Sie kaute. Er knirschte nicht (wie Espen als Kenner bemerkt hatte, war es kein Schluff). Tatsächlich war der Teig weich – nicht glatt wie Pudding, kompakter – aber … mhmhm, gar nicht übel. Helene riss ein weiteres Stück ab. Sie lutschte vorsichtig und kaute eine Weile, als wäre es Kaugummi. »Krähenbeere und Sauerampfer, Weberknecht, Wolf«, summte sie gedankenverloren und schluckte den Ton. Sie aß ein letztes Stück, drei insgesamt, nahm dann ihr Lunchpaket heraus, verschlang beide Sandwiches, eins mit Wurst und eins mit Käse, und spülte sie mit Apfelsaft aus der Flasche hinunter, die Tormod routinemäßig und liebevoll gefüllt und in ihre Tasche gesteckt hatte. Währenddessen plapperte sie in einem fort mit dem Ton, der auf ihrem Bauch lag und sich wand, nun vielleicht sogar innen, in ihrem Bauch, und es sich auf beiden Seiten ihrer weichen Bauchdecke bequem machte.

An jenem Nachmittag bekam anderswo im Dorf Linda, ein sensibles Mädchen aus Helenes Klasse, Besuch von ihrem Großvater. »Und was hast du heute in der Schule gemacht?«, fragte er wie üblich. Mit ihrem hellen Stimmchen erzählte Linda ihm von dem besonderen Ton, den Helene zur Vorführung mitgebracht hatte. Ihr Großvater war ganz Ohr. »Helene hatte Ton, der sich bewegen konnte? Tatsächlich?«, fragte er interessiert. Er wusste nur allzu gut, wessen Kind Helene war. Und er wusste auch, dass Helenes Vater sowohl ein Interesse als auch ein Händchen für Kinetik hatte. Jahre zuvor hatte er Tormods Arbeiten mit eigenen Augen gesehen. Lindas Großvater war kein anderer als der nachsichtige, etwas schwächliche alte Jørstad – Tormods ehemaliger Lehrer an der Fachhochschule.

19

BALD WAR DER Tonklumpen bei den meisten Aktivitäten der Familie mit von der Partie. Wie immer fielen mehrere Feiertage auf Ende Mai und Anfang Juni, und die Familie (Tormod) musste sich alle möglichen Unternehmungen und Tagesausflüge einfallen lassen. Die Männer gingen angeln, und das Ding oder der Batzen, wie Alf ihn gern nannte, dümpelte im Boot herum, während Tormod wasserbewohnende Wirbeltiere aus dem See zog, sie tötete, indem er ihre Schädel zertrümmerte, um sich und seine Familie zu ernähren – auch wenn es mehr aus Spaß geschah, und hauptsächlich für Alf. Alf hatte den Einfall, den Batzen als Blinkerkissen zu verwenden und eine Vielzahl von Angelködern in seinem Kopf zu verhaken. Er hockte ja sonst ohnehin nur herum, auf der Ruderbank, in Reichweite. Und genau wie der Klumpen bewiesen hatte, dass er eine Tasse Kaffee oder Tormods Gartengabel halten konnte, war er auch in der Lage, auf bis zu drei Angelruten aufzupassen. Meistens hatten Alf und Tormod fünf ausgeworfen, und mit Unterstützung des Klumpens fingen sie weit mehr Fische als je zuvor.

Siv nahm Helene mit zum Gemüsehändler, und Helene nahm den Tonklumpen mit. Er könnte helfen, die Einkäufe zu tragen, dachte sie, denn wenn Siv selbst einkaufte, was selten genug vorkam, beklagte sie sich stets über die schweren Taschen. Der Tonklumpen folgte ihnen; er sah jetzt aus wie ein untersetzter kleiner Dachs, auf den Helene eine leere Bananenkiste gestellt hatte. Die schweren Sachen – Milch, Saft, Mehl, Zucker – waren kein Problem, sie wurden einfach in die Kiste gelegt, und der Ton trug die Last. An der Kasse saß Merete, die Frau von Kirkenes, dem Ladenbesitzer, Krämer in dritter Generation, und begrüßte sie fröhlich: »Hast du ein Glück, Helene, dass du deiner Mutter beim Einkaufen helfen darfst, stimmt's?« Dann erblickte sie den wandelnden Einkaufswagen. »Na, das ist aber ein schönes Spielzeug, das du da hast. Helene, hast du das gebastelt?« Helene nickte, lächelte stolz und sagte: »Ich und Papa.« Merete lachte herzlich hinter ihrer Kasse und schüttelte den Kopf. »Dieser Tormod, der war schon immer ein Querkopf. Und jetzt hat er diesen kleinen Klumpen gemacht? So was hab ich ja noch nie gesehen!« Sie kicherte.

»Fühlst du dich heute nicht gut, Helene? Du siehst sehr blass aus.«

Nein, Helene sei nicht krank, heute sei einfach nur keine Schule, erklärte Siv. Aber war da etwas dran? Siv blickte zu ihrer Tochter hinab und stellte fest, dass Helene wirklich ein wenig blass war.

In der folgenden Woche gab es einen sogenannten beweglichen Ferientag – wie ein Freitag genannt wird, der zwischen einem für die Lehrerfortbildung vorgesehenen Donnerstag und dem Wochenende liegt und daher nach der rücksichtslosen Logik der Faulpelze in der Schulbehörde (oder wer auch immer diese Entscheidungen trifft), schulfrei ist. Also beschloss die Familie Blystad, nach Eidsvoll zu fahren, um das historische Herrenhaus zu besichtigen, in dem die norwegische Verfassung unterzeichnet wurde. Anschließend wollten sie in dem Straßenrestaurant in Nebbenes zu Abend essen. Die Kinder liebten die Frikadellen dort und juchzten vor Freude.

Tormod stand an jenem Morgen früh auf. Er zog den Ton aus dem Zwinger, in dem er sich auf seinem Erdbett aufgeladen hatte – sie sagten immer noch nicht »schlafen« dazu –, und widmete sich ihm in Ruhe, bevor die anderen aufwachten. Tormod machte sich fleißig an die Arbeit: Er hatte beschlossen, das Ding für ihren Ausflug zum Herrenhaus »präsentabel« zu machen. Das war das Wort, das ihm hierbei in den Sinn kam: »präsentabel«. Nach sorgfältigem Modellieren und Klopfen nahm der Ton eine schöne aufrechte Form an. Elegant, könnte man glatt sagen. Inzwischen war der Ton in der Lage, über einen ganzen Tag und teilweise sogar bis in den nächsten hinein seine Form zu halten, er würde sich also in Eidsvoll nicht verändern. Bald wurde Helene wach und tapste in ihrem Schlafanzug die Treppe hinab. Sie fragte, ob sie dem Klumpen den Affenhut aufsetzen sollten. »Der Ton wird nicht mehr verkleidet, Helene«, stellte Tormod klar.

Als sie ins Auto stiegen, um zum Museum zu fahren, bemerkte Alf, dass der Ton, der anfangs wie der King in der Mitte der Rückbank gethront hatte, sich jetzt zu Helene neigte. Er ließ sich auf sie sinken und schmiegte sich an ihren Bauch. Helene legte schwesterlich den Arm um den Ton und hielt ihn fest. Alf kicherte. »Ist er in dich verliebt oder was?«, fragte er. Helene antwortete nicht. »Hast du einen

Freund, Helene?«, neckte er sie. Helene schürzte die Lippen, aber ihre Augen begannen böse zu funkeln. »Wie heißt dein Freund, Helene?«, fragte Alf. »Alf!«, sagte Helene. »Heißt er Roar?« »Papa!«, rief Helene. »Hör jetzt auf, Alf«, sagte Tormod. Alf kicherte wieder. »Wann ist die Hochzeit?«, murmelte er. Helene wandte sich ab, aber der Ton kroch noch näher, auf ihren Schoß, wo er sich hinlegte. Alf hatte das schon richtig erkannt: Der Klumpen wanzte sich an Helene an.

Als die Familie Blystad in dem großen Haus des Eisenmagnaten Carsten Anker, auch bekannt als das »Eidsvoll-Gebäude«, die Wiege der norwegischen Demokratie, mit dem elegant geformten Tonklumpen an ihrer Seite herumwanderte, fielen den Leuten förmlich die Augen aus dem Kopf – sie waren bass erstaunt, wie man vermutlich damals sagte, als die Verfassung unterzeichnet worden war. Sie lachten und zeigten auf den Batzen, der sich durch die historischen Räume bewegte, vorbei an Schautafeln mit Informationen über die sechs Wochen, die Norwegen für immer verändert hatten. »Seht euch den *kleinen Troll* an«, sagten sie. Die Leute klopften sich auf die Schenkel. Sommersprossige und mollige Kinder drehten den Kopf wie Eulen. Ein Junge benutzte das Wort »Klotz«, ein anderer sagte »Monster«. Tormod ließ sich nichts anmerken, aber Siv war sichtlich verärgert. Sie nahm ihn am Arm und meinte, sie sollten gehen. Eine Frau japste leise auf und zischte ihrem Ehemann »Ein Kobold!« zu, laut und weithin hörbar. Zu diesem Zeitpunkt hatten sie das Zimmer von Frau Anker und ihrer Tochter Anette im Südflügel erreicht, und als ein nikotingelber alter Mann seine Kappe abnahm, sich am Kopf kratzte und »Geschwulst« brummte, war Tormods Geduld erschöpft. Sie stapften aus dem Haus, stiegen ins Auto und fuhren die kurze Strecke bis zum Restaurant.

Dort lief es nicht viel besser. Es herrschte Hochbetrieb. Die Blystads waren eindeutig nicht die Einzigen, die geplant hatten, sich an diesem Freitag mit Nebbenes-Frikadellen vollzustopfen. Kaum hatten sie sich in die Schlange gestellt, stieg die Anspannung. Wegen der Autofahrt und womöglich auch durch die Hitze war der Ton leicht in sich zusammengesunken, wodurch er windschief und seltsam aussah. Er bewegte sich weiterhin vorwärts, aber eher hoppelnd als mit eleganten und aufrechten Schritten. Tormod versuchte ihn mit einem Fuß zu stützen, aber Siv zupfte an seinem Hemd und fauchte, das sei doch alles vergebene Liebesmüh. Sie kannten hier niemanden, und die Leute sahen nur eine vierköpfige Familie mit einer kleinen Kreatur, die neben ihnen her humpelte. Helene packte den Klumpen und richtete ihn auf, aber das Kopfteil kippte nach vorn, ein trauriger Anblick. »Umpa umpa!«, rief jemand hinter ihnen. Gelächter. Ein Mädchen kam herbei und fragte, ob es den Teig streicheln dürfe. Helene nickte, aber das Mädchen presste den Ton zusammen und verpasste ihm eine flache Stirn, wodurch er noch dümmer aussah. »Sei nett zu ihm«, sagte Helene. Das Mädchen kicherte und nannte den Klumpen eine Kröte. »Quaaak, quaaak«, rief jemand anderes, eine Kröte nachahmend. Das war der Tropfen, der das Fass zum Überlaufen brachte.

»Kommt, wir gehen«, sagte Tormod.

Als sie nach Hause kamen, fing Helene bitterlich zu schluchzen an. Tormod nahm sie in die Arme und versuchte, ihr zu erklären, dass die Leute Dinge wie Ton und Teig nicht begriffen. Außerdem könne der Ton nicht hören, was sie sagten, tröstete er sie, es spiele keine Rolle, dass die Leute sich das Maul zerrissen. Aber Helene weinte weiter, sie war untröstlich. Schließlich schluchzte sie, dass sie Snusken so sehr vermisse. Snusken sei lieb gewesen, und der Klumpen sei komisch und schief, meinte Helene. Als sie Snusken erwähnte, schnürte sich Tormods Kehle zu, und er linste zu dem Tonklumpen hinüber, der in Richtung Zwinger wabbelte. Nein, es war nicht dasselbe, das wusste er. Tormod wandte ein, dass sich der Teig teilen ließ, sie also mehrere Spielkameraden haben könne, und sägen und schrauben könne er auch, im Gegensatz zu Snusken. Aber Helene heulte weiter. Sie denke ständig an Snusken, sagte sie, an den dunklen Streifen unter ihrem Auge und ihre kühle, feuchte Nase. Und wie die Hündin immer auf ihren Pfoten herumgetapst sei und sich gefreut habe, wenn Helene auf sie zugekommen sei.

Tormod spürte, dass sie von dem Hund nie richtig Abschied genommen hatten, und daher schlug er vor, ein Grab für Snusken zu graben. Helene gefiel diese Idee, und sie trocknete ihre Tränen. Sie könnte jederzeit hingehen und mit Snusken reden oder Blumen und andere Dinge zum Andenken an den Hund drauflegen, Spielzeug oder Geschenke beispielsweise.

Sie machten sich sofort an die Arbeit. Noch am selben Nachmittag schnappte sich Tormod den Spaten und buddelte ein Grab für Snusken. Er grub ein tiefes Loch an der

Westseite des Hauses, gleich neben der Straße, fernab von der Stelle, an der er früher so viel gegraben hatte. Er vergewisserte sich, dass das Grab nach Osten zeigte, wie es sich für ein Grab gehörte. Er brauchte zwei Stunden, um es auszuheben. Helene und Alf standen am Rand und sahen ihrem Vater bei der Arbeit zu. Der Tonklumpen war auch da, gleich neben Helene. Er hielt den Spaten, wenn Tormod eine Pause machte, um seinen Rücken zu strecken. Wobei … »hielt« war nicht der ganz richtige Ausdruck. Tormod bohrte den Spaten einfach in den Tonklumpen, wenn er verschnaufen musste.

Danach holte Tormod Snuskens Halsband aus der Schublade in der Werkstatt. Er erzählte Helene und Alf, er habe es im Garten gefunden, was nicht gelogen war, und die Kinder umklammerten das Halsband eine Weile stumm, bevor sie es in die Grube fallen ließen. Nach einer Schweigeminute schaufelte Tormod das Grab mit der Erde zu, die er kurz zuvor ausgehoben hatte.

Kaum einen Tag später spazierte ein altes Weib aus Kapp am Haus der Blystads vorbei. Helene war früh von der Schule gekommen und radelte auf dem Grundstück umher. Die Alte blieb stehen und lächelte. Helene war heiter und fröhlich, wie immer. Beim Anblick ihrer blitzenden Augen und ihrer dichten Mähne, die das Gesicht umrahmte, hielten viele Leute inne und sagten Hallo. Genau das tat die Alte aus Kapp. Helene erwiderte den Gruß mit einem Nicken. Die Alte fragte, ob Helene gerne Fahrrad fahre. »Ja«, sagte Helene. »Bist du ganz alleine hier?« Nein, die Familie sei im Haus, erklärte Helene. »Dann hast du Geschwister?«

»Ja«, antwortete Helene. Das schien die Alte zu freuen. »Wie viele seid ihr denn?«, »Wie viele? Fünf insgesamt«, sagte Helene. Sie warf der Alten einen fragenden Blick zu. »Und wo sind die anderen?«, fragte die Alte. »Nun, ich bin hier«, sagte Helene. »Und zwei sind bei der Arbeit. Einer ist in der Schule«, glaube ich. »Und einer ist aus Erde«. »Einer ist aus Erde?«, wiederholte die alte Frau. »Ja, aus Erde«, sagte Helene. Aber die alte Frau begriff nicht. Zwei waren bei der Arbeit, einer war in der Schule, Helene war hier und einer war aus Erde, stimmte das? »Ja, das stimmt«, sagte Helene. »Dann seid ihr ja nur zu viert«, sagte die alte Frau. Aber es war, als rede sie mit einer Wand, denn das Mädchen erwiderte beharrlich: »Wir sind fünf.«

20

NICHT LANGE NACH diesem Vorfall musste Tormod auswärts übernachten. Er und sein Vater Oscar waren auf einer Baustelle oben in Otnes im Einsatz. Sie reparierten die Ytre-Rendal-Kirche, ein auffälliges, kleines rotes Gebäude mit einem schwarzen Turm. Die Arbeiten mussten vor den Schulferien beendet sein, und diese begannen in einer Woche. Siv kümmerte sich zu Hause um die Kinder. Oder um das Kind, denn Helene übernachtete bei einer Freundin. Siv und Alf waren also allein in dem Haus in Råset.

Siv lud Anita ein, um mit ihr zu schwatzen. Und genau das taten sie. Sie hockten auf dem Sofa und quasselten, während im Hintergrund der Fernseher lief. Ihre Gläser waren stets mit Weißwein gefüllt. Alf beschäftigte sich allein. Erst spielte er Computerspiele in seinem Schlafzimmer, aber das hatte er bald satt. Es war langweilig. Das eine Spiel hatte er schon vor langer Zeit komplett durchgespielt. Eigentlich wartete er sehnsüchtig auf seinen Geburtstag. Er glaubte sich zu erinnern, dass man ihm gesagt hatte, er würde ein neues Computerspiel bekommen, wenn er vierzehn wurde. Eine halbe oder ganze Stunde scrollte er auf dem Handy herum und machte Screenshots von vier Memes, die er noch nicht kannte. Dann dachte er an den Tonklumpen, der ganz allein in seinem kleinen Zwinger saß. Alf ging nach unten und zog den Klumpen heraus. Trug ihn hoch in sein Zimmer. Teilte ihn, wie er es immer tat. Baute einen Stier und einen Bären, die gegeneinander kämpfen sollten. Aber der Ton wirkte träge. Fühlte er sich steif an? Er war auf jeden Fall trocken. Tagsüber war es warm, aber nachts wurde es kalt – brauchte er vielleicht ein bisschen Wärme?

Keuchend wuchtete Alf den Klumpen die Treppe hinab und durch die Küche. Dort nestelte er am Riegel der Tür zur Garage herum. »Was treibst du da draußen?«, krähte Siv aus dem Wohnzimmer, als sie ihn hörte. »Ich wärme nur den Batzen auf«, sagte er und trottete in die Werkstatt. Er fand eine Plastikbox und ließ den Ton hineinplumpsen, legte den Deckel darauf und klickte ihn an den Seiten fest. Der Boden in der Garage war nur ein wenig warm. Nicht annähernd so heiß, wie Alf es sich ausgerechnet hatte. Doch als er sich umschaute, hatte er plötzlich einen Geniebilitz: In der Serverecke befand sich ein Router, der das ganze Haus mit Internet versorgte. Er war flach wie eine Pizzaschachtel und lief ständig. Deshalb war er andauernd warm. Alf stellte die Box auf den Router und sagte – vielleicht zu sich selbst, vielleicht an den Ton gerichtet –: »Da!«. Jetzt konnte er weicher werden. Er ging zurück in sein Zimmer und scrollte weiter. Dabei vergaß er unten den Ton, den Klumpen, die Erfindung, eingeschlossen in der Box, wo ihn die WLAN-Strahlung durchströmte. Und um 23.30 Uhr kroch Alf ins Bett und schlief ein.

Als Tormod am folgenden Nachmittag spät nach Hause kam, entdeckte er den eingeschlossenen Ton. Er war überhitzt, feucht, noch härter als vorher und ganz offensichtlich ziemlich durcheinander.

»Hast du den Ton den ganzen Tag über auf dem Router liegen lassen, Alf?«, fragte Tormod streng.

»Ja, was hast du getan, Alf?«, schaltete Helene sich ein. Nach ihrer Pyjamaparty klang sie altklug und erfahren.

»Ich dachte, er friert«, sagte Alf und kratzte sich einfältig die Unterarme.

»Weißt du, der Ton wird härter, wenn man ihn erhitzt, Alf. Er ist jetzt total langsam und träge«, sagte sein Vater.

»Ja, Alf«, sagte Helene.

»Und noch dazu hast du ihm eine ordentliche Portion WLAN-Strahlung verpasst«, sagte Tormod. »Was hast du dazu zu sagen?«

Alf stammelte etwas.

Tormod stopfte den Ton in den Mixer und gab ein wenig galvanisiertes Wasser aus einer Tonne hinzu, um den Ton aufzupäppeln. Doch als sich das Stahlblatt zu drehen begann und in den Ton fuhr, geschah etwas Merkwürdiges: Der Ton stieß ein lang gezogenes metallenes Heulen aus. Es war ein erstickter, gequälter Laut und hörte sich an, als übersetzte jemand einen Defekt in Musik. So etwas hatte Tormod noch nie gehört. Oder doch? Wenn er es sich recht überlegte, klang der Schrei wie Axl Roses schrilles, eindringliches zwölf Sekunden langes Jaulen in der Mitte von Slashs unglaublichem zweiten Gitarrensolo, gleich nach dem Tempowechsel, fast am Ende (bei etwa 7:24) von *November Rain*, für jene, die sich daran erinnern.

21

SIV HATTE VON ihrer Mutter einen Reim gelernt. Sie klopfte mit einem kleinen, hölzernen Xylofon-Schlägel gegen die Vorderzähne der Kinder und sagte: »Katze, Hund und Maus. Kleiner Zahn, komm raus.« Das brachte die Kleinen immer zum Lachen. Helenes vordere Milchzähne hatten sich so schnell gelockert wie Grönlands Gletscher, und jetzt folgten schon ihre ersten Backenzähne. Siv sagte den Reim, die Zähne fielen heraus, und Helene sammelte sie in einer kleinen Blechdose – ihrer sogenannten Zahndose.

Nachts träumte Helene mittlerweile davon, dass ihr die Zähne aus dem Mund kletterten, während sie schlief. Sie waren nachtaktiv, und Helene lag zahnlos und mit offenem Mund da. Wenn die Sonne aufging, wanderten die Zähne wieder zurück auf ihre Plätze.

Nach seinem Aufenthalt in der Plastikbox auf dem WLAN-Router hatte der Ton einige neue Eigenschaften entwickelt. Es war nicht mehr so leicht, ihn zum Halten, Hacken, Stützen oder Schrauben zu bewegen. Der Klumpen wand sich und wirkte nahezu miesepetrig. Tormod versuchte ihn zu stabilisieren und wollte ihn noch einmal in den Mixer geben, aber der Ton entschlüpfte ihm. Er war viel weniger gefügig als zuvor. Das nervte. Tormod hatte sich daran gewöhnt, dass ihm der Ton zur Hand ging, aber plötzlich verhielt er sich stur und eigenwillig – er gehorchte nicht mehr.

Die Kinder spielten immer noch gern mit dem Teig. Dass er jetzt widerspenstiger war, hieß nur, dass sie mit ihm ringen mussten, und das machte ihre Spiele spannender. Sie tollten herum, kämpften und johlten. An einem Abend legten sie sich sehr ins Zeug. Alf formte zwei Hände mit viel zu vielen Fingern – sie sahen aus wie Ingwerknollen, ganz knubbelig und klumpig. Er knetete mit aller Kraft, während Helene den Ton festhielt. Bei ihr war er noch am ruhigsten. Es war schon ziemlich spät, aber sie machten weiter, stachen Augenhöhlen und gaben ihm ein Gesicht. Alf verpasste dem Ton eine Nase, eine richtige Schnauze mit riesigen schweinchenartigen Nasenlöchern. Sie wühlten in den Kleiderschränken und zogen ihn an. Mit einem Teelöffel ritzten sie einen Mund in die Mitte des Kopfes. Helene bat Alf, die kleine Blechdose mit ihren Milchzähnen zu holen. Er wusste sofort, was sie vorhatte, und tat wie geheißen. Dann steckte er die Zähne – kreuz und quer – in das klaffende Loch.

»Snaggletooth«, sagte Helene und bedachte den Klumpen, der jetzt eine groteske Zahnreihe besaß, mit einem zahnlosen Grinsen. Sie zupften die losen Haare aus Helenes Bürste und bohrten sie mit einer Stricknadel in den Kopf des Tonklumpen. Wirr und verknotet hingen die Strähnen über den Schädel. »Wir brauchen mehr Haare«, sagte Alf und rupfte ein paar Büschel aus Helenes goldfarbenem Zopf. Sie quietschte auf und lachte. Dann transplantierten sie dem Tonklumpen das Haar, bis sein Nacken eine dünne, strähnige und krumme Haardecke aufwies. Sobald die

»Frisur« vollendet war, schnappten sie sich den kleinen Filzhut des Affen – den der Klumpen ihrer Meinung nach »total mochte« – und setzten ihn oben drauf. Der Tonklumpen wand und wehrte sich.

»Du bist echt unmöglich heute«, sagte Alf. »Ich finde, du musst bestraft werden!« Helene nickte begeistert. Der Tonklumpen war ungezogen gewesen, man musste ihm einen Denkzettel verpassen. Alf zwang den Teig in Bauchlage und zog auf der Rückseite das Shirt hoch – oder war es ein Kleid? Mit viel Spaß formten sie ihm ein Hinterteil, und während Helene quetschte und glättete, holte Alf ein Glas Wasser und mixte das zusammen, was Keramiker als »Schlicker« bezeichnen. Sie brachten viel Mühe auf, um den Hintern zu polieren, bis er glänzte. Aber weil sie den Kopf des Klumpens nach unten pressten, zermatschten sie dabei sein Gesicht, die Zähne und die Schnauze. Dann fingen sie an, dem Ton den Hintern zu versohlen. »Du Schlingel!«, sagte Helene und schlug ihn auf den Po. »Du warst so frech!« Klatsch, patsch, auf die weichen Schinken. Alf rannte zum Nachttisch und packte ein Thermometer. »Du musst ins Krankenhaus, damit wir herausfinden, was mit dir nicht stimmt!«, sagte er und schob das Thermometer tief zwischen die Pobacken des kleinen Mannes aus Ton, als wolle er bei ihm Fieber messen.

Das war zu viel. Das metallische Jaulen (Axl Rose) ertönte wieder – eine Art hohles Winseln –, und mit überraschender Kraft löste sich der Ton aus Helenes Griff. Er schien sich kurz umzudrehen und sie mit einem Ausdruck von Trauer und Enttäuschung in seinen Augenhöhlen anzusehen. Dann hob er eine knorrige Hand und verpasste dem Mädchen eine schallende Ohrfeige. Alf begriff erst, was los war, als Helene schon heulend auf dem Boden lag. Wie der Blitz flitzte der Klumpen aus dem Schlafzimmer und jagte die Treppe hinab. »Komm zurück!«, rief Alf.

Siv saß im Wohnzimmer, streamte eine neue Serie und ahnte nichts Böses. Der Batzen fegte herein, kletterte auf das Sofa und schloss sich um den Kopf der Dame des Hauses. Bevor sie wusste, wie ihr geschah, ließ er wieder von ihr ab. Doch er hatte ihr bereits jedes einzelne Haar ausgerissen, mit Stumpf und Stiel. Siv schrie entsetzt auf und umklammerte ihren kahlen Schädel. Mit großen Augen spähte Tormod aus der Küche, wo er das Rezept für die Fleischbällchen studiert hatte, die er am nächsten Tag zubereiten wollte. Er sah, wie seine Frau völlig verstört und wutentbrannt vom Sofa aufsprang. Ihr Schädel glänzte wie ein polierter Helm. Eine so blanke Glatze hatte Tormod noch nie gesehen. »Was zur Hölle«, stotterte er, während er ins Wohnzimmer lief. Wie aus der Pistole geschossen, verschwand der Tonmann, oder war es eine Tonfrau?, durch die Klappe in seinen Zwinger. Tormod wetzte durch den Raum hinaus in den Flur und riss die Haustür auf, um ihm den Weg abzuschneiden, aber der Klumpen war zu schnell für ihn.

Die Sonne stand tief im Westen. Tormod sah machtlos zu, wie die Gestalt aus Ton die Straße hinab in die Sommernacht verschwand. Mit den schiefen Zähnen, dem Filzhut, dem Shirt – oder war es ein Kleid? – und dem Thermometer, das zwischen den Pobacken hervorragte. Ihre wirren Haare, wunderschöne seidige Strähnen aus Gold, flatterten schlaff hinter ihr her.

TEIL 4

22

MAN SCHRIEB DAS JAHR 1942, als ein hochintelligentes Mädchen namens Pauline Unrecht erleiden musste in Råset. Es war eine hässliche Episode, eine der finstersten in der Geschichte des Dorfes. Damals wohnten weitaus weniger Menschen in Råset, aber die Kirche erhob sich wie eh und je über allem. Gleich dahinter stand das Pfarrhaus, die Kapelle und der Pfarracker befanden sich unterhalb, umgeben von großen Farmen und alten Bauernhöfen, wie es auch heute noch der Fall ist. Wenn man der Straße, die von den Alten noch *Tunskœringa* genannt wurde, nach Norden folgte, standen die Gebäude dicht beieinander, und dort lag auch das in die Jahre gekommene Altenheim, in dem später die Schule untergebracht wurde. Der Dorfladen hatte unterhalb Midthagan seinen Platz. In Richtung der Bucht, wo sich in der vorchristlichen Zeit die Nordgermanen angesiedelt hatten, wurde der Fluss ein wenig breiter. Dort stand die alte Mühle. Heute ist sie eine Ruine, aber sie war bereits 1942 nicht mehr in Betrieb.

War Pauline eine »horizontale Kollaborateurin« der Deutschen? Keineswegs oder im Gegenteil, falls man das so sagen kann. Rund einhundert russischen Gefangenen war es gelungen, die Schlösser ihrer Waggons zu knacken und aus dem langsam fahrenden Zug zu fliehen, der sie aus der Hauptstadt zu den Arbeitslagern im Norden des Landes bringen sollte. Bei Grimerud purzelten die Flüchtigen heraus, zerstreuten sich dann und taumelten frierend und hungernd durch die Wälder. Die Behörden schalteten Anzeigen in den Lokalzeitungen, um die Einwohner davor zu warnen, den Geflohenen zu helfen, solange die groß angelegte »Russenjagd« lief – gemäß den deutschen Kriegsgesetzen wurde jede Unterstützung hart bestraft.

Paulines Vater, ein Bauer und Ehrenmann aus Østbygda, fand drei durchnässte Russen in seinem Stall und beschloss, sie aufzunehmen. Paulines Mutter Oline kochte Haferschleim und teilte ihn mit einer hölzernen Kelle aus. Doch die Jagd wurde verstärkt, und bald mussten sie neue Verstecke für die Männer suchen. Der Älteste bekam ein Rentierfell und wurde in einen Schuppen bei Lerhus gesteckt. Den zweiten sperrten sie in den Kartoffelkeller eines buckligen alten Mannes aus Ådalsbruk. Dem letzten Russen, einem verlegenen jungen Mann, der etwa zwanzig Jahre alt war, drückte man ein paar Decken in die Hand und brachte ihn zu der verlassenen Mühle an der Flussmündung.

Pauline bekam die Aufgabe, ihm (heimlich) jeden zweiten Tag Brot und Zigaretten zu bringen. Manchmal schlich sie sich mit ein wenig geräuchertem Schinken, den sie in Stoff wickelte, oder sogar ein oder zwei Eiern zu ihm. Zwar herrschte Krieg, aber auf dem Hof gab es doch noch so einiges. Wasser konnte man aus dem Fluss schöpfen. Pauline sagte nicht viel zu dem Russen – schließlich hatten sie keine gemeinsame Sprache, in der sie sich verständigen konnten –, aber das Essen tat ihm gut. Als der Frühling nahte, fror der Junge aus Russland weniger, und die Landschaft um ihn herum taute auf. Pauline lächelte immer, wenn sie ihn besuchte. Der junge Mann hatte vermutlich das Gefühl, dass sich ein strahlender Engel um ihn kümmerte. Er hatte niemals zuvor ein solches Licht in einem Mädchen gesehen noch solch kräftiges kornblondes Haar. Paulines Haar war wie Gold.

Doch dann verriet jemand Paulines Vater. Früh morgens an einem Sonntag rauschte ein Lieferwagen voller Mitglieder der rechtsextremen Partei heran. Darin saß auch der Polizeichef aus dem Nachbardorf, ein überzeugter Nazi, wie alle wussten. Paulines Vater wurde von einem Holzfäller aus Rendalen in den Hof gezerrt und mit seinem eigenen Gürtel bewusstlos geprügelt. Und Pauline? Man schleifte sie am Haar ins Freie. Sie schnitten ihren fast einen Meter langen Zopf mit der Schafschere dicht am Schädel ab. Dann ließ man sie erniedrigt und heulend neben dem Zopf liegen. Ihr Vater wurde wie ein Sack in den Wagen geladen und zum Regionalgefängnis gefahren, wo man ihn in seiner zerlumpten Kleidung im Keller folterte.

Am Kriegsende verschwand Pauline und ward nie wieder gesehen. »Verschwand« war das Wort, das alle im Mund führten, obwohl sie aller Wahrscheinlichkeit nach Selbstmord begangen hatte. So oder so: Das Mädchen hatte der Familie viel Kraft gegeben, sie war ein Kind des Dorfes, und man räumte ihr den verdienten Platz in den Geschichtsbüchern ein. Paulines Mutter Oline bewahrte den goldenen Zopf auf, den die Nazischergen ihrer Tochter abgeschnitten hatten, und sobald der Krieg vorbei war, stieg sie in einem

Anfall von tiefer Trauer mit Paulines Haar in den Händen in das (nun argwöhnisch beäugte) deutsche Adler-Automobil der Familie. Ihre zweite Tochter Randi, deren Haar dunkler war, eher beigefarben, saß neben ihr auf dem Beifahrersitz. Sie fuhren zu Mattis, dem Gerber, der in seiner Hütte in Frenningen Tiere ausstopfte. Er war ein Präparator, ein Tierausstopfer, oder schlicht ein »Ausstopfer«, wie man damals sagte. In seiner Jugend hatte Mattis als Perückenmacher für das Nationaltheater gearbeitet, und er wusste genau, wie er mit losem Haar umgehen musste. Er betrachtete den herrlichen Zopf und erklärte sich sofort bereit, aus Paulines unglaublichem Haar eine Perücke anzufertigen, sodass sie es aufbewahren konnten, einen Teil von ihr, von Pauline, für immer. Er nahm Maß bei Randi (ihr Kopf war ungefähr so groß wie der von Pauline) und machte eine Kappe, und auf diese Kappe nähten seine klugen, umsichtigen Finger Paulines außergewöhnliches Haar, von unten nach oben, immer in kleinen Strähnen aus zehn Haaren oder weniger, ganz eng aneinander. Nach drei Monaten hatte er eine wunderschöne Perücke geschaffen. Um sie vorzuführen, baute Mattis der Gerber einen altmodischen Mannequin-Kopf, ein eher grobschlächtiges Ding, das er mit Schnipseln aus weit gereister Jute füllte. So konnte die Perücke ihre Form bewahren und füllig und stolz bleiben. Wenig später kehrte dieses Meisterwerk aus Paulines Haar in ihr Zuhause zurück und nahm seinen rechtmäßigen (imposanten) Platz auf der Kommode im Wohnzimmer ein. Das Licht der Perücke schien auf die Bauernfamilie und die gesamte Gemeinde, und so prangte sie über Jahrzehnte dort wie ein Schatz – ein Juwel.

In den Fünfzigerjahren gebar Randi, Paulines mausgraue kleine Schwester, eine gesunde Tochter namens Linda, und im Jahr 1981 kam Lindas Tochter Lisbeth zur Welt. Zufällig war Lisbeth die dünne junge Frau, die zusammen mit Siv im Friseursalon arbeitete, und in diesem Augenblick stand sie hinter Siv und hatte ihre fünf Fingerspitzen auf deren kahlen Schädel gelegt. Sie war vollkommen fasziniert.

»Er hat auch die Wurzeln mit ausgerissen«, sagte sie und starrte auf Sivs leere Follikel herab. »Ob da je wieder etwas nachwachsen wird?« Ihre Nasenspitze berührte fast Sivs Schädel, den sie so genau wie möglich untersuchte. Die Haut war so dünn, dass sie die verschiedenen Knochen erkennen konnte, die Sivs Kopf zusammenhielten, das Stirnbein, das Scheitelbein, das Schläfenbein und das Hinterhauptbein. Es waren nahezu unsichtbare horizontale und laterale Vertiefungen in der Haut, wie Schluchten in einer toten Mondlandschaft. Und apropos Mond: Tags zuvor hatte Tormod drei Stunden auf dem Sofa gelegen – verängstigt, aufgelöst, verwirrt – und beobachtet, wie das Mondlicht auf dem blanken Kopf seiner weinenden Frau tanzte. Seine Gedanken irrten unkontrolliert in alle Richtungen, fast ein wenig wie die Mondstrahlen, die von Sivs Kopf reflektiert wurden. Sie schluchzte heftig, den Kopf in den Händen vergraben, und ihr glänzender Schädel wippte wie eine polierte Bowlingkugel auf und ab.

Die Familie befand sich in einem Aufruhr, wie er ihn noch nie erlebt hatte. Oben kreischten die Kinder panisch, nachdem der Ton Helene geschlagen hatte. Und Siv, nun, man kann es sich ausmalen. Und als die Kinder ihre Mutter mit »abgesaugten« Haaren sahen, tja, auch das kann man sich ausmalen. Was Tormod betraf, sobald ihm aufgegangen war, was er ausgelöst hatte – nun, auch um sich das auszumalen, braucht man nicht viel Fantasie. Nein, es war der schlimmste Abend, den sie je erlebt hatten, und es gab keine Entschuldigung. Tormod war überzeugt, dass die Familie jetzt auseinanderbrechen würde, und wie befürchtet riss Siv sich gegen Mitternacht plötzlich zusammen, rieb sich das Gesicht und stand entschlossen auf. Tormod solle zu Hause bleiben, befahl sie (er hatte zuvor angedeutet, dass er sich auf die Suche nach dem Klumpen machen könnte, aber nein), er könne sich am nächsten Tag um seine Probleme kümmern. »Niemand rennt mitten in der Nacht herum und sucht nach *diesem verdammten Ding*. Du musst hierbleiben und auf die Kinder aufpassen, denn ich gehe jetzt.« »Siv, bitte«, flehte Tormod, aber das perlte an ihr ab. Machtlos stand er da und sah zu, wie seine Frau eine grün-orange Mütze aufsetzte, die ihre Mutter gestrickt hatte. Sie zog sie über die Ohren und stürmte zur Tür hinaus. Der Motor heulte auf, dann war sie weg. Wohin wollte sie? Tormod fand es nie heraus, der Arme, aber tatsächlich fuhr sie zu Anita, wo sie die Nacht über ruhelos im Gästezimmer lag, bis sie bei Tagesanbruch ängstlich zum Friseursalon hinüberging. Dort setzte sie sich auf einen der Stühle und starrte fast zwei Stunden lang ins Leere, bis Merete mit ihrer Thermosflasche auftauchte, dicht gefolgt von der knochigen Lisbeth.

»Die Wurzeln sind auch weg, sagst du?«, fragte Siv. Ihre Unterlippe bebte, und ihr Kinn zitterte.

»Sieht so aus«, meinte Lisbeth und nickte feierlich.

»Oh, Gott steh mir bei!«, sagte Siv.

Die Frauen beschlossen, den Salon an diesem Tag nicht zu öffnen und stattdessen gemeinsam zu überlegen, wie sie mit dem »Unfall« umgehen sollten, so nannten sie Sivs Haarverlust, ihren Haarausriss, das Absaugen, wenn man so möchte. Um 10.05 Uhr erschien die alte Frau Kleppe aus Vidarshov mit einer erschlafften Dauerwelle und rüttelte am Türgriff, wurde aber nicht eingelassen, genauso wenig wie alle anderen, die an diesem Tag einen Termin hatten. Nach einigen Diskussionsrunden über Haarwasser, Arcon, Provexin, Recrea Forte und andere »Wundermittel« wie Bockshornklee, Minoxidil und wiederholte Vitamin-B-Injektionen – allesamt Behandlungen, bei denen keine von ihnen mit Sicherheit sagen konnte, dass sie eine spürbare Wirkung auf die Haarproduktion hatten (außer möglicherweise eine Minoxidil-Maske) –, waren sie sich einig, dass die unmittelbare Lösung künstliches Haar sein müsse, da Siv *so* nun wirklich nicht herumlaufen konnte. Von diesem Punkt war es nicht mehr weit zu dem Bauernhof in Østbygda, wo Lisbeth aufgewachsen war. Lisbeth hatte Paulines wunderschönes Haar vollkommen vergessen, das – wie erwähnt – noch immer auf der Kommode thronte, wenngleich die Kommode selbst auf den Dachboden verbannt worden war, da Lisbeths Mutter, Paulines Nichte (die Pauline nie kennengelernt hatte), sie ein wenig unheimlich fand, oder »schaurig«, wie sie es ausdrückte, weshalb sie die Perücke fortgeräumt hatte, als sie die Farm übernahm. Nun dachte Lisbeth wieder daran und erzählte den anderen von ihrer Idee.

»Aber dürfen wir sie wirklich nehmen?«, fragte Siv. Sowohl sie als auch Merete wussten von der Perücke. Die meisten Menschen in Råset hatten von dem Haar gehört. Pauline war eine Legende.

»Meiner Mutter wäre es nur recht«, sagte Lisbeth. »Sie hat schon oft gesagt, dass sie sie loswerden möchte.«

»Oh, ehrlich?«, sagte Siv.

»Wir können es ja versuchen«, meinte Lisbeth. »Eine bessere Perücke wirst du nicht finden.«

»Anscheinend nicht, wie man hört«, entgegnete Siv.

Es gab keinen Grund, die Sache aufzuschieben. Und so stieg Lisbeth auf ihr schweres DBS-Rad und strampelte die drei Kilometer nach Hause zum Bauernhof in Østbygda.

23

IM LAUFE DER nächsten Tage geschahen mehrere Dinge. In Lerkesvingen kniete eine Verkäuferin namens Guro Holtet in ihrem Garten und rupfte das Unkraut und den wilden Hafer aus, die trotz des Rindenmulchs, den sie in diesem Frühjahr ausgelegt hatte, in ihrem Blumenbeet wucherten. Während sie arbeitete, kam ihr zehnjähriger Sohn vom Fußballtraining nach Hause. Guro rief ihm über die Hecke einen Gruß zu, aber Alan – so hieß ihr Sohn – benahm sich seltsam und schlich mit unter die Achseln geklemmten Händen ins Haus. Wo war sein Fahrrad? Guro zog ihre geblümten Gartenhandschuhe aus und eilte mit leicht gekrümmtem Rücken dem Jungen hinterher. Sie fand Alan weinend unter den drei Postern vor, die er in seinem Zimmer an die Wand gehängt hatte: zwei Bilder von Fußballspielern und das aus einem absurden Winkel aufgenommene Foto eines Motocross-Motorrads. Er besaß ein kleines Regal für seine Trophäen, unter dem Medaillen mit Bändern in den Farben der norwegischen Flagge hingen; noch weiter darunter befanden sich seine Urkunden, und wiederum unter diesen, wie von den Elektronikkonzernen befohlen, der obligatorische Spielecomputer mit einer ergonomischen Tastatur und externen Lautsprechern.

Warum wollte er ihr nicht sagen, was los war? Guro versuchte, ihn mit »etwas Schönem« als Belohnung zu bestechen, aber nein. Alan schüttelte den Kopf, während dicke Tränen zu beiden Seiten seiner Nase hinabkullerten. »War jemand gemein zu dir?« Alan verneinte. Er hatte die Arme fest um sich geschlungen. Hatte er etwas vergessen? Nein, hatte er nicht. »Was dann, Alan?« »Schau doch selber!«, heulte der Junge schließlich und streckte seine Hände aus. Seine Finger sahen wie Hotdogs aus, waren völlig weich. Sie bestanden nur aus Haut, alle zehn Nägel waren verschwunden.

In der entgegengesetzten Richtung im Norden lebte ein greiser Junggeselle auf einer kleinen Farm. Er hatte ein paar Hühner, ein Schwein, fünf Schafe und einen Ziegenbock, der so alt und arthritisch war wie er selbst. Der Ziegenbock war an einen Pflock in der Mitte der Wiese gebunden, wo er auf Grasbüscheln kaute oder das Heu knabberte, das der alte Mann in den Trog warf. Von Zeit zu Zeit stieß er mit den verdrehten Hörnern in den Boden, aber ansonsten schielte er nur dumpf vor sich hin. Wie alle Ziegenböcke sah er nicht besonders freundlich aus. Der alte Junggeselle hatte an diesem Morgen eine Seite seines windschiefen Schuppens neu gestrichen. Nun war es fast Zeit für Kaffee, also schlurfte er über den Hof und in die Küche, wo er den verbeulten Kessel füllte und auf den Herd stellte. In diesem Moment hörte er draußen ein lautes Blöken. Der alte Mann seufzte und murmelte ein paar Mal: »Amadeus« – so hieß die Ziege. Aber dann setzte das Blöken wieder ein, und es klang panischer als gewöhnlich und stieg zu einem schrecklichen Lärm an.

»Beim Klabautermann«, murmelte der Alte und ging zum Fenster. Als er hinausschaute, begriff er zunächst nicht, was er sah. Amadeus war fort, an seiner Stelle hatte man eine andere Ziege angebunden. Offenbar eine Geiß. Hatte er den Verstand verloren? Der alte Mann drehte sich um, vergaß den Kaffee auf dem Herd und schlurfte hastig über den Hof. Als er den Pflock erreichte, beugte er sich vor und stützte seine Hände auf die Oberschenkel. Es war *doch* Amadeus. Seine Hörner waren weg, bis zum Knochen an der Stirn abgenagt. Das allein war schon schockierend und tragisch genug, aber gute Güte, was sah der Ziegenbock ohne die Hörner dumm aus, dachte der alte Mann. Er bemerkte, dass das Kinn ebenfalls nackt und der Bart verschwunden war – wodurch das alte Tier plötzlich so jung und weiblich wirkte.

Dann waren da noch Ragnhild Westad und ihr Ehemann Bent, die einen flotten Spaziergang mit Walkingstöcken gemacht hatten – die große Schleife, wie sie es nannten. Der Arzt hatte dem Mann geraten, er solle mindestens einmal am Tag den Puls ein wenig in die Höhe jagen, und das tat er, indem er mit seiner energischen Frau die Kiespfade entlangstapfte. Ihre Schleife führte über eine dunkle Weide und die Felder entlang. Der Mais stand schon ziemlich hoch, in der Ferne wogte ein hellgrüner und goldgelber Flickenteppich aus Hafer, Weizen und Gerste. An den Feldrändern sahen sie des Öfteren eine Fasanenhenne mit ihrer Brut, frisch geschlüpfte, verängstigte Küken, die zwischen Ähren und Gras hin und her huschten. Wenn die Westads näher kamen, rannten sie erschrocken in alle Richtungen davon. Das war immer lustig, und der Anblick des asiatischen

Vogels, der so friedlich auf einem norwegischen Feld lebte, faszinierte sie.

Und ja, auch an diesem Tag erblickten sie einen Fasan, aber es war nicht die Henne mit ihren Küken. Der Vogel auf dem Weg vor ihnen war männlich und hatte einen prächtigen Schwanz aus gestreiften braunen Federn. »Vorsichtig«, sagte Ragnhild und tippte Bent mit ihrem Stock an. Sie wollte so nah wie möglich herankommen. Aufgrund ihrer begrenzten Intelligenz rennen Fasane oft vor allem davon, was sie als Bedrohung empfinden, und schauen sich dabei hektisch um. Völlig hirnlos laufen sie immer weiter und werden zunehmend nervös, weil sie nicht wissen, was ihnen folgt, ohne zu begreifen, dass sie einfach nur anhalten und in ein Gebüsch springen müssten. Dieser Fasan erblickte die Westads und raste los. In typischer Verwirrung drehte er den Kopf dabei in alle Richtungen. Die Westads gingen langsamer, um ihn nicht noch weiter zu verschrecken. Bent hatte eine bessere Sicht auf den Vogel als Ragnhild, und als sie nur noch drei Traktorenlängen entfernt waren, versuchte er zu erkennen, was mit dem »Racker« nicht stimmte. Ragnhild kniff die Augen zusammen. Der Vogel drehte ständig den Kopf in die eine und die andere Richtung, und Bent flüsterte, dass irgendetwas an seinem Profil merkwürdig aussah. Der grünlich-schwarze Kopf und die roten Flecken um die gelben Knopfaugen wirkten ganz normal, aber der Schädel schien irgendwie beschädigt zu sein, eingedellt. Es dauerte eine Weile, bis Bent erkannte, was es war: Der Vogelkopf ähnelte einem gefiederten Knauf über dem weißen Halsring – sein Schnabel war weg. Wo er sich einst befunden hatte, war nur noch ein klaffendes Loch, das direkt in die Eingeweide oder den »Muskelmagen« führte, wie man ihn bei Vögeln nennt. Der Vogel kreischte und schlug wild mit den Flügeln.

24

MIT RUNDEN AUGEN betrachtete Tormod die Alpen, die sein Denken zerklüfteten, wenn man es so ausdrücken will. Wobei, Alpen traf es nicht mehr so richtig: Sein Geist war nun eine flache, offene und doch komplexe mentale Landschaft, die größtenteils aus kargen Böden und feuchten Sümpfen bestand, aus wirrem Gestrüpp, Wurzeln, Knäueln und Kreuzen. Ein Unbehagen hatte Tormod gepackt. Die Situation mit Siv war, wie sie war – seit drei Tagen war sie jetzt weg –, und der Tonklumpen trieb sich weiter irgendwo dort draußen herum. Alles in allem befand sich der Junge aus Råset in einer wenig beneidenswerten Lage. Er hatte gerne alles unter Kontrolle. Am meisten hasste er es, aufzufallen, und genau das ließ sich nun nicht mehr vermeiden, weswegen er einen Anflug von Panik verspürte.

Helene hopste neben ihrem Vater her. Sie hatte ihm in den letzten zwei Tagen bei der Suche geholfen und die Notlüge geschluckt, dass ihre Mutter eine Weile bei der Oma bleiben wolle.

»Klumpen!«, rief sie in regelmäßigen Abständen, aber Tormod brachte sie zum Schweigen und sagte ihr, sie solle keine Aufmerksamkeit erregen.

»Wir wollen die Leute nicht beunruhigen.«

Der schmale Weg zwischen der Schule und den Feldern war von Unkraut, Büschen, wilden Himbeeren und Vogelkirschen mit ihren seltsam schmeckenden *adstringierenden* schwarzen Früchten gesäumt. Es gab auch kleine Bäume, dürre Birken, schwarze und graue Erlen und jede Menge Beifuß. Helene war überzeugt, dass der Klumpen hier entlanggekommen war und sich in der Nähe versteckte. Sie suchte die Umgebung ab, so gut sie konnte, gleich musste er auftauchen, nach der nächsten Biegung, auf der nächsten Anhöhe. Alle zwanzig Sekunden dachte sie, sie hätte »etwas gesehen«, und schrie auf. Tormod flehte sie jedes Mal an, nicht so laut zu sein. Sie sprudelte noch immer vor Energie, sah aber wirklich blass aus. Tormod machte sich zunehmend Sorgen. Ihr Gesicht war aschfahl, die Haut unter ihren Augen fast violett. Er würde sie zum Arzt bringen, sobald alles überstanden war.

Während Helene ihre unermüdliche kindliche Aufmerksamkeit auf den Weg richtete und *jedes noch so kleine Detail* in ihrem begrenzten Radius aufnahm, wie es nur ein Kind kann, war Tormod mit seinen Gedanken ganz woanders. Im Geiste schwebte er über Råset, siebzig Meter in der Luft, und betrachtete das Dorf wie eine Landkarte von oben aus der Vogelperspektive. Er hatte noch nie zuvor eine Karte von Råset gesehen; man schaut sich ja nicht grundlos Karten von einem Ort, wo man jeden Stein kennt. Doch wie er so den Weg entlangging, hob ihn sein Geist dort hinauf, und er bemerkte zu seinem Erstaunen, dass er die Hauptstrecken sehen konnte, die durch das Dorf verliefen, die Straßen und das wohl Wichtigste: die »Fluchtwege«, wie man sie nennen könnte. Er sah, dass die Gebäude eine Art

Pfeilspitze bildeten oder auch ein Herz mit stumpfem Ende, das nach Südwesten zeigte, in Richtung der Bucht. Es war eine natürliche Bucht, kein Wunder also, dass sich die ersten Siedler in ihrer Nähe niedergelassen hatten. Die Hauptstraße bohrte sich auf der einen Seite in das Dorf, verließ es auf der anderen und teilte dabei Tunskjæringa wie eine Arterie entzwei. Ja, er sah es, die Hauptstraße spaltete das Dorf mehr oder weniger in zwei Teile – in zwei Kammern, um bei der Herzanalogie zu bleiben. Darüber hatte Tormod noch nie nachgedacht. Er hatte sich fast immer nördlich der Hauptstraße gehalten, sozusagen auf der rechten Seite des Dorfes. Aber warum eigentlich? Weil sich dort das Flussbett befand? Weil sein Elternhaus auf dieser Seite stand?

Die kleineren Straßen bildeten eine Art Netz zwischen den Gärten, dem Laden, der Schule und dem Dorfzentrum, wenn man so will. Diese Gassen verbanden die Häuser miteinander und schlängelten sich sanft um den auf einem kleinen Hügel gelegenen Friedhof, der sich natürlich in der Mitte befand, mit der bereits erwähnten Kirche darauf. Zwischen den asphaltierten Straßen – oder zumindest geschotterten Wegen – verliefen die kleineren Pfade, Steige, winzigen Kreuzungen und der Sandweg. Alte Abkürzungen, die man nur kannte, wenn man aus der Gegend stammte. Sie waren auf keiner Karte verzeichnet und auf keiner Luftaufnahme zu sehen, aber auf Tormods innerer Karte von Råset leuchteten sie hell. Auf Tormods Karte waren sie die Hauptverkehrsadern. Der Tonklumpen konnte praktisch überall sein, aber Tormod folgte instinktiv diesen alten Wegen und Pfaden. Mit langen Schritten und festen Schuhen, Helene dicht auf den Fersen und Alf einen Steinwurf weit dahinter, durchstreifte er das Gebiet, während er es aus der Vogelperspektive im Auge behielt – sie mussten den Klumpen finden, sie hatten keine andere Wahl.

Der Landstreifen entlang des Flussufers war feuchter und fruchtbarer, und größere Bäume spendeten Schatten wie ein Baldachin. Tormod vermutete, dass der Ton sich eher hierher zurückgezogen hatte als in die höher gelegenen Gebiete, die sich im Westen anschlossen, und seine Suche führte sie am Ufer des schmalen und stellenweise tiefen Flusses entlang, an der unteren Kante der zum Wasser hin abfallenden Wiese. Er musste den Kindern nicht sagen, dass sie ihm folgen sollten. Wie kleine Gänse watschelten sie ihm nach.

Als Tormod gerade überlegte, ob sie dem Fluss bis zur Bucht folgen sollten, an den Ruinen der alten Mühle vorbei, oder ob sie quer über die Wiese zum Grabhügel und dem Tümpel gehen sollten, erhielt er eine SMS von Siv. Er blieb stehen und las ihre kurze Nachricht dreimal. Es war das erste Lebenszeichen seit drei Tagen. Sie lautete so:

Wo bist du?

Sandweg, tippte Tormod langsam und unbeholfen. Er fuhr sich mit der Zunge über die Lippen.

Treffen uns am Ende des Weges,
antwortete sie.

Für einen kurzen Abschnitt verschwand der Fluss in einer Mischung aus Tunnel und Brücke unter der Hauptstraße, genau dort, wo der Sandweg in die Zivilisation zurückführte, ungefähr auf halber Höhe der Allee. Die Stelle war völlig zugewachsen.

Die Zweige von zwei gekrümmten Spitzahornen bildeten ein Dach über Tormod und den Kindern, ein Tor, ein Portal, und als er und die Kinder sich dem Ende des Weges näherten, tauchte Siv plötzlich in dieser Öffnung auf, im Licht am Ende des Tunnels, von hinten beleuchtet von der untergehenden Sonne. Der Tonklumpen war schon viel zu lange auf freiem Fuß, und da war die Silhouette von Tormod Blystads Frau, der Mutter seiner Kinder, seiner Lebensgefährtin, und sie wartete auf sie. Tormod und die Kinder zuckten zusammen. Was war mit Siv passiert?

Helene rannte zu ihrer Mutter und weinte vor Freude. Selbst der unbeholfene dreizehnjährige Alf tapste auf sie zu wie ein junges Kalb. Tormod spürte, wie sich etwas Seltsames in ihm regte. Der ganze Frust, der an ihm genagt hatte, seit sie ihn und die Kinder verlassen hatte, löste sich auf, als er seine Frau sah, und wurde nun von, nun ja, Erleichterung und etwas Neuem ersetzt – oder war es eigentlich etwas Altes? Tormod hatte sich, gelinde gesagt, sehr an Siv Danielsen gewöhnt, doch in diesem Moment sah er einen Schimmer des Weiblichen als solchem. Da war sie, sowohl jung als auch alt. Es war, als sei er heimgekehrt und zugleich an einen völlig anderen Ort gelangt. Er starrte sie mit offenem Mund an.

Ja, es war ein alter Funke, aber auch ein neues Kribbeln. Siv wirkte selbstsicher, eigensinnig, stolz. Sie begrüßte die Kinder mit offenen Armen, was Tormod lange nicht mehr gesehen hatte. Sivs Silhouette, strahlend, standhaft, mit einem von goldenen Sonnenstrahlen umkränzten Haarschopf, versetzte ihn über zwanzig Jahre in die Vergangenheit zurück. Es war kaum zu glauben. Das Licht schien von seiner Frau auszugehen. Von ihrem Haar? Oder von ihr selbst? Er war hin und weg. Es war verwirrend. Tormod kniff die Augen zusammen.

Siv musste es mehrmals wiederholen. Ja, sie hatten richtig gehört, es war Paulines Haar, aus Østgården. Das könne nicht sein, sagte Tormod. Doch, Lisbeth habe darauf bestanden. Sie sei selbst auf den Dachboden gestiegen, um das Haar zu holen. Ihrer Mutter sei es nur recht, erklärte Siv.

»Ich hätte nie …«

Tormod rieb sich den Nacken, während sein Blick zwischen seinen Schuhspitzen und seiner Frau auf und ab huschte wie ein Seetaucher.

»Nein, ich …«

»Ich kann das Haar behalten, solange ich es brauche«, sagte Siv.

»Darfst du es wirklich behalten?«

»Bis alles überstanden ist.«

Die Kinder klatschten in die Hände. Vor allem Helene. Auch sie kannte die Geschichte von Pauline, jeder in Råset kannte sie, und jetzt wehte Paulines Haar um die Schultern ihrer Mutter. Wie Gold. Wie eine Fata Morgana brannte sich der Anblick in ihre Netzhäute ein. Helene, Alf und Tormod waren von Siv und ihrem Haar tief berührt.

25

DIE SONNENSTRAHLEN tauchten Råset in warme Gelbtöne. Das Dorf wirkte überhitzt, fast fiebernd, als die Familie langsam die Allee entlangschritt. Bald begannen die Sommerferien, und die hellste Nacht des Jahres war nicht mehr fern. Helene schwärmte begeistert von dem Klumpen und rätselte, wo er sein könnte. Die anderen liefen schweigend nebenher und ließen sie reden. Alf schnappte sich einen Stock und fing an, auf den Geißfuß einzudreschen. Tormod legte versöhnlich den Arm um Siv, was sehr selten vorkam (und berührte dabei auch Paulines Haar). Siv ließ ihn gewähren, sie ließ ihn an sich heran. Eine Elster auf einem Zaunpfahl bewegte nervös ihren Schwanz, keckerte hektisch und flog dann auf einen Ast, wo sie anfing, mit den Krähen zu zanken. Die Krähen hatten so einen eigenartigen Gentleman-Stil, dachte Tormod wie jedes Mal, wenn er eine Krähe sah.

»Ich glaube, der Klumpen ist dahin gerannt, wo sich Snusken versteckt!«, erklärte Helene eifrig.

»Ach ja?«, antwortete Tormod geistesabwesend.

Das Mädchen fuhr in rasendem Tempo fort – zwar war dies Helene nicht bewusst, doch sie hatte einen seltsamen Sinn und ein Timing für Humor, was oft zutage trat, wenn sie aufgeregt war –, einen ganzen Reigen von mehr oder weniger unverständlichen Ideen von sich zu geben. Eine regelrechte Wortkaskade sprudelte aus ihrem Mund: Höhle, Grotte, Grube, Loch, Graben, Spaten, stopfen, Schlag, Block, bauen, kratzen, kritzeln, aufräumen, graben, organisieren, dekorieren, gemütlich, kuscheln, prahlen, beobachten, ritzen, Pinsel, krank, Krankenhaus, Medizin, Arzt. Was sie erzählte, war eine wilde Geschichte über den Ort, an dem sich Snusken und der Klumpen befanden. Sobald ihr ein neuer Gedanke durch den Kopf schoss, reihte sie eine hartnäckige Behauptung an die nächste, und sie kam irgendwann zu dem Schluss, dass dieses Versteck »hinter dem Laden« sein müsse. Eine abstruse Idee, da der Bereich hinter dem Laden asphaltiert und trocken und damit kein geeigneter Ort für einen Tonklumpen war. Auch nicht für einen Hund. Helene setzte ihre langatmige Geschichte fort, bis sich das Wort »Speisekammer« in ein langes Rülpsen verwandelte, das in einem Würgen endete. Sie hielt inne, blieb stehen, blinzelte und schluckte wieder hinunter, was auch immer da hochgekommen war.

»Fühlst du dich nicht gut?«, fragte Tormod.

Helene nickte und schmatzte mit den Lippen.

»Mir ist schlecht, aber ich habe Hunger«, sagte sie und legte mit einer neuen Fantasie los:

»Im Stockbett nimmt Snusken das untere Bett, aber manchmal streiten sie sich, weil der Klumpen Höhenangst hat und lieber unten liegen möchte, aber Snusken fürchtet sich vor dem Hochklettern, also …«

Siv drehte sich abrupt um und packte ihre Tochter am Oberarm. Helene verstummte sofort. Siv umarmte ihre Tochter.

»Alf!«, sagte sie.

Alf warf seinen Stock weg und schlenderte zu seiner Mutter und seiner Schwester, die mehr oder weniger mitten auf der Straße standen.

Siv erklärte ihnen dann – und während sie sprach, stand Helene mit gesenktem Kopf da und spielte mit den neuen Haaren ihrer Mutter, drehte Paulines strahlende Haare zwischen ihren Fingern –, dass sie, Helene, Alf, sagte Siv, davon ausgehen müssten, dass der »Tonteig« (das war das Wort, das sie benutzte) für immer verschwunden sei. Der Klumpen sei aus Ton und Erde, sagte sie, und er sei wahrscheinlich in die Erde zurückgekehrt, wo er hingehörte. »Er liegt vermutlich irgendwo, und wir sollten ihn dort liegen lassen, das ist das Beste«. Helene erwiderte nichts, aber Alf nickte schwach. Tormod stolperte fast in den Graben, seine Miene war ausdruckslos.

Siv kniete sich hin und umfasste die Knie des Jungen, er stand direkt neben ihr, und nach einer kurzen Pause sprach sie weiter, erzählte von Snusken. Sie sagte ihnen die Wahrheit. An dem Tag, als Snusken verschwunden war, sagte Siv, sei sie früher nach Hause gekommen, weil ihr PMS sie wie eine Dampflok niedergewalzt habe. Snusken war ihr nicht entgegengelaufen, wie sie es sonst immer getan hatte. Merkwürdig. Die Tür von der Küche zur Werkstatt stand offen, und Siv spähte hinein. Sie sah Snusken zusammengekrümmt auf dem Boden liegen. Der Hund hatte seine Pfoten in einen offen stehenden Eimer gesteckt und dabei anscheinend in eine Glasur getunkt, die Bariumcarbonat enthielt, das auch als Rattengift verwendet wird. Da Elchhunde so saubere Hunde seien, erklärte Siv, habe Snusken wohl ihre Pfoten abgeleckt, und das war's. Snusken war gestorben. Siv sagte das alles ruhig, sachlich und ohne Umschweife, während sie mitten auf der namenlosen kleinen Straße hockte, die zu ihrem Haus führte.

»Ich habe sie begraben«, sagte Siv. »Ich weiß, ich hätte etwas sagen sollen, aber es war so schrecklich, dass ich es nicht über mich gebracht habe. Nein, ich habe es nicht über mich gebracht. Das tut mir so leid.«

✦

Tormod tigerte zu Hause in ihrem kleinen Schlafzimmer unruhig auf und ab. Allerhand Gefühle rasten durch seinen Körper. Sivs Wandlung vom kahlköpfigen Opfer zur unerschütterlichen Mutter – die den Kindern in Bezug auf Snuskens Verschwinden eine wichtige, wenn auch schmerzhafte *Finalität*, einen endgültigen Abschied, ermöglicht hatte – war reibungslos verlaufen. Es war aufwühlend. Tormod vermochte seine Gedanken nicht zu ordnen, er hatte schwer zu kämpfen.

Siv brachte jetzt die Kinder ins Bett. Tormod hörte gedämpfte Stimmen aus Helenes Zimmer, dann folgte eine kürzere, ein wenig stockende Unterhaltung mit Alf. Heute würden die Kinder mit dieser neuen, schmerzlichen und ganz frischen Wahrheit über Snusken in ihren Betten liegen, dachte Tormod. Wenn Alf traurig oder frustriert war, redete er stets in einem besonderen Ton. Tormod konnte es förmlich riechen, er konnte Alfs schlechte Laune aus einer Meile Entfernung wittern. Obwohl er die genauen Worte nicht verstand, hörte er durch die Fichtenholzwand einen leicht jammernden Tonfall. Er spürte, wie seine eigene Gereiztheit zunahm. Alfs Stimme klang schwach und verletzt, wimmernd. Er wusste, dass es einen Anlass für das Wimmern gab, aber er konnte seinen Ärger nicht unterdrücken. Entschlossen riss er die Tür zum Zimmer des Jungen auf und fragte, was der Lärm solle. Alf zuckte zusammen, seine Wangen waren rot und nass.

»Alf will heute Abend ein bisschen länger Computer spielen, um sich aufzuheitern«, sagte Siv.

»Ein bisschen länger?«

»Ja, wegen der außergewöhnlichen Umstände.«

»Ach, die sind ja wirklich verdammt außergewöhnlich.«

»Tormod …«

»Kein Computer mehr, Alf«, mahnte Tormod.

Und dann:

»Du verblödest noch.«

Das Letzte, was er sah, bevor er die Tür zuschlug, war Alfs rotes Gesicht, als ihn das Wort »verblödet« traf. Es war, als hätte er das Wort mit dem Jungen hinter sich eingeschlossen. Da hörte er ein zartes Geräusch, ein leises Schluchzen, das aus Helenes Zimmer drang. Tormod betrat das Zimmer und sah, dass das Mädchen weinend mitten auf dem Boden lag. Er nahm sie bei den Armen und drückte sie an sich. Sie sagte, sie dürften nicht streiten.

»Wir streiten doch nicht, Helene.«

»Doch, ich habe dich gehört«, sagte sie. »Du bist gemein zu Alf.«

»Nein, wir müssen uns jetzt nur alle ausruhen«, sagte Tormod.

»Ich will, dass Snusken und der Ton zusammenziehen«, weinte Helene.

»Ich weiß, aber du hast gehört, was deine Mama gesagt hat.«

»Das will ich nicht!«

»Helene«, sagte Tormod und drückte sie fester. Mehr blieb ihm nicht, wenn ihn sein Wortschatz im Stich ließ. Eine festere Umarmung. Aber eine Umarmung hat nur eine begrenzte Wirkung, sie reicht nicht bis ganz in die Tiefe, und Tormods kräftige Arme bewirkten nichts.

»Mir ist schlecht«, sagte Helene.

»Hattest du nicht eben noch Hunger?«

»Ich weiß nicht. Mein Bauch gluckst die ganze Zeit. Ich weiß nicht, ob ich hungrig bin oder ob mir schlecht ist, Papa.«

✦

Tormod stand im Bad und putzte sich gründlich die Zähne. Im Spiegel sah sein Mund aus wie eine Schlucht, in die sich eine Zahnbürste hinein- und hinausbewegte. In den Stoppeln auf beiden Seiten seines rechteckigen Kiefers waren graue Flecken zu erkennen. Eine tiefe Furche hatte sich zwischen seinen Augen gebildet, die Wangen waren eingefallen, der Blick hohl. Er sah verbissen aus. Immer noch fein gemeißelt, mit einer fantastischen Knochenstruktur, aber starr. Seine Schultern waren so breit, dass sie über den Spiegelrand hinausragten. Der Zimmermann aus Råset war von der vielen Arbeit im Freien gebräunt. Die Venen zeichneten sich auf seinem dicken Hals ab, und die schrägen Kehlmuskeln seines Halses zeigten wie ein Pfeil nach unten zu der Vertiefung zwischen den Schlüsselbeinen, zu seinem Brustkorb, seinem Nabel, bis ganz nach unten. Er musste pinkeln. Langsam und geistesabwesend fuhr Tormod fort, seine Zähne zu putzen, während er seinen Penis aus der Hose nahm und ihn über den Rand des Waschbeckens hob. Die Kälte des Porzellans an der Unterseite seines Penis traf ihn wie ein Schock, und er zitterte. Tormod fing an zu pinkeln. Zuerst lenkte er den Strahl geradewegs in das Abflussloch, was ein hohles, gurgelndes Geräusch verursachte. Er hielt seinen fleischigen Stab mit zwei Fingern und hob ihn an, die Fontäne stieg höher. Er pinkelte jetzt direkt in den sogenannten Überlauf, das Loch, das das Überlaufen des Waschbeckens verhindert, wenn man vergisst, das Wasser abzudrehen. Aber er hob ihn noch weiter, bis der Strahl den Hahn, die Griffe und den Seifenhalter traf. Kurz darauf pinkelte er gegen den unteren Teil des Spiegels, der Strahl kletterte das Glas empor, rann daran herab. »Scheißpussy«, sagte er. Es rieselte. Nein, was hatte er wirklich gesagt? Fotze. Es tröpfelte. Ein paar Sekunden lang, bevor der Strahl abfiel und versiegte, verzerrte ein Urinfilm sein Spiegelbild. Tormod nahm ein Handtuch vom Haken und wischte das Becken rasch ab, warf das Tuch auf den Boden, stieg darauf und entfernte die Sauerei mithilfe seines Fußes. Dann drehte er sich um und marschierte ins Schlafzimmer.

✦

Tormod Blystad sprach nur selten ein Problem direkt an. Es musste schon kurz vor einer Katastrophe stehen, damit er überhaupt den Mund aufmachte. Aber an diesem besonderen Tag stellte er Siv zur Rede, sobald er das Schlafzimmer betrat, und fragte sie, warum in aller Welt sie ihm nicht gesagt habe, dass Snusken an einer Vergiftung gestorben sei.

»Das ist unglaublich, Siv«, sagte er.

Siv sah ihren Mann an, entschlossen, möglicherweise resigniert, müde. Dann griff sie mit beiden Händen in ihre Tasche und zog ihren Perückenhalter heraus, eine Art Kopf aus Sackleinen.

»Tormod …«

»Was?«

»Es war nie ein großes Geheimnis, Tormod.«

»…«

»Es war ein Unfall.«

Ja, sogar Tormod wusste das. Aber war es nicht wichtig, diese Dinge mit allen zu teilen? Siv sah das anders. Sie erzählte den Kindern lieber, dass Snusken weggelaufen war, als ihnen die furchtbare Wahrheit über ihre groteske Vergiftung zu sagen. Selbst Tormod müsse das verstehen. Beide Kinder seien auf ihre Weise empfindlich, und es bringe nichts, sie so direkt mit Tod und Zerstörung zu konfrontieren, erklärte Siv ihm auf ihre typische unsentimentale Art. Aber angesichts des momentanen Chaos sei sie zu dem Schluss gekommen, dass sie ihnen genauso gut die Wahrheit sagen könne.

»Und warum hast du es mir nicht erzählt?«, fragte Tormod. »Ich bin die ganze Zeit wie ein ahnungsloser Idiot herumgelaufen.«

»Du verstehst das nicht, Tormod.«

»Hä?«

»Es war auch zu deinem Schutz.«

Siv stellte den Perückenhalter auf den Nachttisch zwischen die Lampe und ein ungeöffnetes Taschenbuch mit dem Titel *Throne of Glass*. Sie wandte sich wieder ihrem Ehemann zu. Da stand er in seinen bestrumpften Füßen mitten auf dem Parkettboden, groß und stark wie eh und je, mit seiner breiten Brust und seinem dichten, gepflegten Haarschopf, unfähig, solche Abstraktionen zu verstehen, zu erfassen, zu versprechen oder zu tragen. Was kann ein Mann noch tun, wenn all seine Handlungen, seine Souveränität, all seine Anstrengungen und Bemühungen, sein Antrieb, zu nichts führen, oder – noch schlimmer –, etwas Beschissenes zur Folge haben? Er steht einfach da, zieht ein langes Gesicht, lässt die Fäuste herabhängen, so wie Tormod Blystad vor ihr stand, der Inbegriff der Leere.

»Zu meinem Schutz?« Er schüttelte den Kopf.

»Ich musste auch auf dich Rücksicht nehmen. Du bist auch empfindlich, Tormod.«

»Hast du den Hund vergraben?«

»Nein, ich bin zu Thune gegangen und habe ihn um Hilfe gebeten. Sein Sohn war zu Hause, er hat ein Loch hinter dem Haus gegraben und es dann gleich wieder zugeschüttet.«

»Ist dir klar, was du getan hast, indem du das für dich behalten hast?«

»Was ich getan habe? Du hast sie mit deinem Bariumcarbonat umgebracht, nicht ich.«

Sanft und unnahbar hob Siv mit beiden Händen Paulines Haar von ihrem Kopf und führte ihre Faust in die Mitte der Kappe darunter. Kurz musterte sie das Haar von beiden Seiten, bevor sie sich mit dem Rücken zu Tormod auf die

Bettkante setzte. Sie griff nach ihrer Bürste und fuhr ruhig durch das Haar, das im warmen Lampenschein auf ihrer Faust ruhte. Obwohl Vilhelm Hammershøi im Haushalt der Blystads kaum bekannt war, wirkte das Bild auf Tormod fast Hammershøi-artig – abgesehen von der Tatsache, dass Sivs krummer, blasser kompakter Nacken über den Schädel in einem Stück bis zu den Augenbrauen auf der anderen Seite reichte. Das Haarteil, das sie auf der Faust balancierte, schien, ein absurder Anblick, in der Luft neben Sivs Kopf zu schweben.

»Ich hätte es trotzdem wissen wollen«, sagte Tormod.

»Bist du dir sicher?«, fragte Siv.

»Auf jeden Fall«, erwiderte Tormod.

»Mit deiner Einstellung zu Babys und allem …«

»Babys?«

Siv hörte auf, das Haar zu kämmen, und spreizte alle zehn Finger unter der Kappe. Dann hob sie die Perücke auf das Mannequin, den Perückenhalter, auf dem Nachttisch. Dort würde Paulines Haar, das jetzt Sivs Haar war, über Nacht ruhen. Sie ließ ihren haarlosen Kopf auf das Federkissen sinken.

»Du bist so sensibel, Tormod. Ich will dir nur helfen.«

»Wobei willst du mir helfen?«

»Es hat auch Welpen erwischt, Tormod. Mit diesem Zeugs hast du nicht nur Snusken umgebracht.«

»Welpen?«

»Sie war trächtig.«

Tormod starrte seine Frau entsetzt an. Die Neuigkeit sickerte in seinen Verstand. Erst fühlte er eine Hitze, dann wurde ihm schlecht. Dann fing er an zu weinen.

»Na, na«, sagte Siv.

Tormod setzte sich aufs Bett und schluchzte noch heftiger.

»Komm«, sagte Siv, streckte die Hand aus und streichelte ihn.

In dieser Nacht hatten Tormod und Siv Blystad zum ersten Mal seit Jahren Geschlechtsverkehr. Im Akt ertasteten Tormods Finger Sivs Skalp. Die Schädelhaut quietschte unter seiner Berührung geradezu wie ein stark aufgeblasener Ballon. Während er immer wieder in seine Frau stieß, warf er verstohlene Blicke hinüber auf Paulines Haar, das ihm seine Präsenz von der Seite des Bettes geradezu aufdrängte. Die Kombination dieser beiden Elemente, Skalp und Haar, quälten Tormod tief in seiner Seele. Er kniff die Augen zusammen und spürte, wie sich die Spannung aufbaute und dann entlud, als hätte sich die Erde aufgeworfen und einen Erdrutsch verursacht. Er kam mit einer gewaltigen, fast zitternden Ejakulation. Dies löste eine ähnlich intensive Ekstase bei Siv aus, die ihren Mann hart auf die Brust schlug; einmal, zweimal und ein drittes und letztes Mal.

26

IN RÅSET BRODELTE bald die Gerüchteküche. Die Vorfälle mit den Tieren und Guros Sohn Alan hatten die Fantasie der Dorfbewohner geweckt, es wurde viel getratscht. Man sprach von Viren und Tierseuchen. Einige erwähnten den Ausbruch der Fuchsräude in den späten 1970er-Jahren und erinnerten sich mit Schrecken an den zuckerhaltigen Geruch, der den schorfigen, aufgeregten Kreaturen angehaftet hatte. Die alten Leute brachten sogar Begriffe wie *Landgeister* und *Waldgeister* auf. Diese Gerüchte erreichten schließlich auch das Haus der Blystads, zunächst über Sivs Arbeit im Salon und dann über Helene, die verzerrte Versionen der Geschehnisse von der Schule nach Hause brachte. Alle anderen Kinder, so erzählte sie, würden von einer Ziege ohne Augen reden, die nachts durch die Gegend taumle.

Tormod brachte Helene zum Hausarzt, und obwohl der Arzt bestätigte, dass das Mädchen ein wenig bleich aussah, konnte er – abgesehen von einem niedrigen Eisenwert – nichts finden. Sie zeigte keine Anzeichen der Schlappheit, die sonst mit Eisenmangel einhergeht. Ihr anämischer Teint und das »Violette«, wie er es nannte – die dunklen Ringe unter ihren Augen – würden verschwinden, wenn sie sich ein Eisenpräparat auf Rezept holten und die Behandlung sofort begannen.

Erst zwei Tage später, als drei schluchzende Kinder mit Köpfen wie große glatte Eier nach Hause kamen, nahmen die Dinge richtig Fahrt auf. Ein Mädchen war hinter dem Kiosk stehengeblieben, um eine Packung Liebesherzen zu öffnen. Sie wollte die Süßigkeiten gerecht zwischen sich und ihren beiden Freundinnen aufteilen, und sie dachte, eine von ihnen ziehe aus Spaß an ihrem Zopf. Sie rief: »Hört auf«, doch dann zog es noch einmal, und bevor sie sich umdrehen konnte, wurde sie nach *vorne* gestoßen. Es fühlte sich an, als würde jemand mit einem riesigen Ofenhandschuh an ihrem Kopf herumgerissen, sagte sie. Das Nächste, woran sie sich erinnerte, waren die im Dreck verstreuten Liebesherzen. Und die Gesichter ihrer Freundinnen, die sie anstarrten, als hätten sie ein Gespenst gesehen. Die beiden anderen »abgesaugten« Kinder erzählten ähnliche Geschichten. Ein Junge behauptete sogar, eine Art Krempe habe sich über sein Gesicht gestülpt, wodurch er weder atmen noch sehen konnte, während sein Kopf entstellt wurde. »Ich habe überhaupt keine Luft mehr bekommen«, schniefte er. »Aber was ist passiert?«, fragten seine Eltern. »Ich kann mich an nichts erinnern«, jammerte er. Das dritte Kind, ein weiterer Junge, zwölf Jahre alt, beschrieb das Erlebnis als »voll unheimlich«.

Der reizbare Vater des Mädchens mit den Liebesherzen war ein Bekannter von Guro, deren Sohn Alan die Fingernägel verloren hatte, und Guro arbeitete, wie bereits erwähnt, als Verkäuferin in einem Laden. Sie hatte mit Kirkenes, der Frau des Ladenbesitzers, gesprochen und alles über das Ding gehört, das Siv und Helene, Tormod Blystads Frau und Tochter, eines Morgens mitgebracht hatten, damit es ihre

Einkäufe trug. Man brachte dies in Verbindung mit einigen Augenzeugenberichten aus dem Restaurant in Nebbene und den etwas abstrakten Beschreibungen der Schulkinder von Helenes am Spielzeugtag mitgebrachten Ton. Daraufhin machte das Gerücht im Dorf die Runde, dass Tormod für all diesen Wahnsinn verantwortlich sei.

Und dann war die kleine, zarte Linda an der Reihe, Helenes Klassenkameradin und Enkelin des (schwachen) alten Jørstad. Linda spielte in der Schulband, und nach der Bandprobe bummelte sie stets auf einem Weg nach Hause, der »Klein-Tarzan« genannt wurde – es war ein steilerer und noch stärker verwucherter Pfad als Groß-Tarzan, der eigentliche Weg, der ein wenig tiefer parallel dazu verlief. Am Gipfel des Hügels, wo Groß-Tarzan und Klein-Tarzan am weitesten voneinander entfernt waren, ragte ein Betontank mit einem Deckel aus dem Boden. Dorthin hockte sich Linda gern für eine Viertelstunde oder ein halbes Stündchen, bevor sie zum Abendessen nach Hause lief. Sie übte auf ihrer Klarinette die neuen Melodien, die sie gelernt hatte, bis sie diese sicher beherrschte, und wenn sie zu Ende gespielt hatte, blieb sie meistens noch sitzen und schaute ins Tal hinab. Helle, klare Nachmittage im Frühsommer hatte Linda besonders gern. Sie lauschte all den vertrauten Geräuschen aus dem Dorf – am liebsten mochte sie das Rattern der Rasenmäher. Irgendjemand mähte immer seinen Rasen in Råset, deshalb hörte das Rattern nie auf. Rotierende Schneideblätter in der Ferne, die von einem kräftigen kleinen Benzinmotor angetrieben wurden. Plötzlich wurde das Geräusch lauter, es klang fast wie eine Flex. Linda saß im Schneidersitz da und schaute in die

Luft – und auf einmal wurde alles schwarz um sie. Als sie wieder aufwachte, waren ihre Haare und die Klarinette verschwunden. »Ich glaube, ich habe es weiter unten auf Groß-Tarzan darauf spielen hören«, sagte sie mit zitternder Stimme.

Es war die letzte Woche vor den Sommerferien, als die Gerüchteküche endgültig überkochte. Zwei Teenager hatten auf einem Moped neben den Arbeiterbaracken Selbstgedrehte geraucht, als sie ein Rascheln am Hang hörten. Sie sahen einen »Brocken«, der mit einer dünnen weißen Plastiktüte bekleidet war – es musste eine Art Müllsack gewesen sein, denn die Henkel waren groß, viel breiter als bei einer gewöhnlichen Tragetasche, eher wie Riemen, sodass es aussah, als trage der »Brocken« einen winzigen Overall, meinten sie. Warum? Vielleicht wollte er damit seine … wie sollen wir es nennen, seine Sohle vor dem Staub und Schmutz schützen, durch den er mit seinen kleinen *schiefen* Schritten lief? Ein Bauer behauptete, er habe auf dem ganzen Weg von Fos mit einem »zwergenartigen Idioten oder geistig Minderbemittelten« gesprochen, und dieser kleine Zwerg habe höflich geantwortet und sogar die angebotene Tasse Kaffee aus der Thermoskanne angenommen. Aber das war nicht alles. Die Geschichten wurden immer wilder. Karin Volden konnte nicht einschlafen und machte gegen Mitternacht mit ihrem Hund einen langen Spaziergang den Sagbruksvegen entlang in Richtung Velttjernet. Der Hund hatte sofort angefangen zu pinkeln und heftig an der Leine gezogen. Karin sah eine Bewegung am Waldrand. Etwas Halbmondförmiges, war es Metall? Karin Volden hätte schwören können, dass sie die Umrisse einer gebeugten kleinen Frau mit einem Schal und einer *Sichel* – wie sie nicht müde wurde zu betonen – sah, die zwischen den Baumstämmen verschwand. Das brachte die Gemüter der Leute so richtig in Wallung. Eine Sense? Eine Sichel? Nein, nein. Wer spukte im Dorf herum und *erntete Haare*?

27

TORMOD HATTE EINEN Apfel-Zimt-Kuchen für die Jahresabschlussfeier gebacken. Er wickelte ihn in knisternde Alufolie und blieb sitzen, in Gedanken woanders, mit der warmen Folie im Schoß, während er auf Siv wartete, die sich oben fertig machte – mit anderen Worten: Paulines schönes Haar kämmte und glättete. In diesem Jahr spielte Helene die Rolle eines Kuckucks. Sie saß in einem Baum aus Brettern und Pappmaché und schrie mit einem Schnabel aus Hühnerdraht und bemaltem Gips »Kuckuck«; ihre Schwanzfedern waren aus Stoff und Stahldraht. Sie hatte Wochen damit verbracht, beides zu basteln, und sie fieberte ihrem Auftritt entgegen. Siv hatte bereits verkündet, dass Helene mit ihnen fahren müsse. Die meisten Kinder durften jetzt nicht mehr alleine Rad fahren, und es kam nicht infrage, dass Helene ihren Eltern vorausfuhr. Das machte Helene wütend, sie stampfte mürrisch mit dem Fuß auf und stürmte in ihr Zimmer. Dort blieb sie auch und schmollte, bis der Minutenzeiger der Uhr auf zwanzig nach rückte. Tormod war sich bewusst, welche Stimmung im Dorf herrschte und was über ihn getuschelt wurde, und er war zwiegespalten. Würde es beeindruckend und versöhnlich wirken, wenn Siv mit ihrer herrlichen neuen Haarpracht in der Schule erschien, oder würden sie sich damit nur zum Narren machen? War es dumm, sich so herauszuputzen? War Paulines Haar zu viel des Guten – würden sie eine Show abziehen? Die Anspannung stieg, bis Tormod Blystad einmal mehr von Frust übermannt wurde.

In der Turnhalle sah es nicht gut aus. Ein rascher Blick in die Zuschauerränge verriet, dass mindestens zehn, vielleicht sogar ein Dutzend Kinder ihre Haare verloren hatten. Manche bedeckten ihre Köpfe mit Kapuzen oder Kappen, aber es war ein heißer Junitag, niemand zweifelte daran, was sich darunter verbarg: völlig kahle Schädel. Mehr als ein Kind ohne Haare in einem Raum ist ein dystopischer Anblick, und die Turnhalle war von Sprossenwand zu Sprossenwand ein einziges Lazarett. Um ehrlich zu sein, es mutet fast mittelalterlich an, in der Schule oder auf der Straße ein Kind ohne Haare zu sehen. Es erinnert an Läuse, an eine Strafe, die im Abrasieren der Haare bestanden hat an Krätze, Schande, an etwas Militärisches, an Krebs, an Kriegsgebiete. Die Menschen wirkten viel erregter als sonst, dachte Tormod. Und es stimmte. Die Spekulationen und Berichte, die in den letzten Tagen in Råset mit zunehmender Geschwindigkeit zirkuliert hatten, gipfelten hier in einer großen kollektiven Frage: Wer würde Tormod Blystad zur Rede stellen?

Der (schwache) alte Jørstad, Tormods ehemaliger Lehrer und Großvater der zarten, kleinen Linda, hatte sowohl die jüngsten Ereignisse als auch die Gerüchte aufmerksam verfolgt. Er hatte nicht vergessen, was für ein Talent der junge Tormod in technischen Dingen gehabt hatte, und war zu seinen eigenen Schlussfolgerungen gelangt, doch dann wurde es plötzlich zu einer persönlichen Angelegenheit, als seine Enkelin ohne ihre Haare und ohne ihre Klarinette nach Hause gekommen war. Er hatte den größten Eiferern ausrichten lassen (denjenigen, die sich am meisten aufregten – mit anderen Worten: die stinkwütend waren), er werde mit Tormod sprechen und herausfinden, was Sache sei. Die Kinder seien das Wichtigste, sagte er, man müsse jetzt handeln, und Tormod würde seinen Beitrag leisten müssen. Von ihm erwarte man, dass er dem Irrsinn, den er entfesselt hatte, ein Ende bereite. Abgesehen davon, verspürte Jørstad auch ein gewisses Maß an beruflicher Neugier, aber das behielt er für sich.

Tormod stellte seinen Apfelkuchen auf den Tisch neben das, was die anderen mitgebracht hatten: Kaffeekannen, Teebeutel, Pizzabällchen, eine Schüssel mit Rührei, fünf durchgeweichte Börek – vermutlich von der kurdischen Familie –, einen Teller mit Räucherschinken, Chickenwings, einige blasse Brötchen, eine Reihe von Kuchen, Torten und Zimtstrudeln, ein paar Päckchen Kekse und eine Schüssel geriffelter Kartoffelchips. Man drehte sich um, als der verlegene, noch immer gut aussehende Råseter und seine hübsche Frau Siv sich auf der Suche nach Sitzplätzen durch eine Stuhlreihe schoben. Die Väter im Raum saßen mit vor der Brust verschränkten Armen da, ein paar Leute räusperten sich gereizt, und einige schüttelten ruckartig den Kopf. Mütter schürzten ihre geschminkten Lippen. Die Geschwister der an der Aufführung teilnehmenden Schüler wandten sich um und starrten sie über ihre Rückenlehnen hinweg an. Die Blystads quetschten sich irgendwo dazwischen, und

Siv strich sich mit erhobenem Kinn das Haar hinters Ohr, während Tormod stier auf den Vorhang blickte und hoffte, er möge rasch aufgehen.

Und das geschah bald. Im Applaus löste sich die Spannung auf, und in der folgenden halben Stunde entfaltete sich ein chaotisches, lärmendes Stück auf der Bühne. Die Kinder glotzten einander an, bis ihnen ihre Bewegungen, ihr Text und die Richtung, in der sie die Bühne verlassen mussten, wieder einfielen. Mette, die Talentierteste der Gruppe, hatte eine Solonummer, einen kurzen Belcanto, aber in den hohen Tonlagen schnitt ihre Stimme wie ein Messer ins Trommelfell. Endlich durfte Helene oben im Baum ihr »Kuckuck« sagen, aber ihr Schnabel war so eng, dass ihre Stimme ganz hohl klang, als wäre sie in einer Flasche gefangen. Vor Stolz packte Siv Tormod am Oberarm. Dann war alles vorbei, es gab weiteren Applaus, und noch bevor der Beifall zu Ende war, sprang ein Mann auf und konnte von seiner Ehefrau nur mit Mühe zurückgehalten werden. Abgehackte, gezischte Satzfetzen tönten herüber: »… lässt das ganze Dorf für seine Probleme büßen …« und »… wieder hinbiegen!« Ein ängstliches Raunen erfüllte den Raum, das Gemurmel wurde mal lauter, mal leiser, zwischendrin hörte man mehrere deutliche »verdammt nochmal« und Worte wie »genug«, »vermeiden« und »nicht« in scharfem Tonfall.

Die zarte kleine Linda hatte einen Zauberer gespielt. Auf ihrem glatten Köpfchen trug sie einen spitzen kegelförmigen Hut, darunter einige Wollzöpfe als Haar und einen falschen Bart aus Watte. Ihrem Opa Jørstad hatte die Aufführung gefallen. Aber der pensionierte Lehrer hatte noch eine zweite Aufgabe zu erledigen – Tormod Blystad zur Rede zu stellen –, und er wusste, dass er das tun musste, bevor die Situation vor den stolzen Eltern und Kindern außer Kontrolle geriet.

Ein plötzlicher Energieschub überkam Jørstad. Mit beschwichtigenden Handbewegungen beruhigte er einige Väter, ging zu Tormod hinüber, packte seinen früheren Schüler beim Arm und zog ihn nach draußen, hinter die Turnhalle, wo sich normalerweise die Raucher versteckten. Die mit schweren, grauen Eisendeckeln versehenen Sichtfenster des Luftschutzbunkers lugten aus dem Gras hervor. Jørstad legte los.

»Wir müssen das in den Griff kriegen«, sagte er. »Es geht schon zu lange so.«

Tormod rieb sich die müden Augen.

»Es ist kompliziert.«

»Das ist mir klar«, sagte Jørstad. »Aber genug ist genug.«

Sogar an die Wand gelehnt und mit gebeugtem Kopf war Tormod fast einen halben Meter größer als der pensionierte Lehrer. Das schicke Hemd des Zimmermanns aus Råset spannte sich um seine Schultern.

»Es kann nicht einfach ausgeschaltet werden«, sagte er.

»Dir bleibt keine Wahl, Tormod. Du musst das in Ordnung bringen.«

»Aber wo ist es?«

Jørstad machte ein Gesicht wie ein weiser alter Mann.

»Nun, wir müssen unser Hirn benutzen. Lass uns zu dir gehen.«

28

SCHON EIN BLICK auf die Abendsonne verriet, dass es die erste Nacht der Sommerferien war: Die Blätter und das Grün atmeten Freiheit, man hörte es in der Luft. In den nächsten zwei Monaten mussten die Kinder nicht zur Schule. Es war, als hätten sie einen übergroßen, fast monströsen Sonntag vor sich, leer und weit geöffnet. Die Blystad-Kinder lagen im Bett, und Siv ging zu Anita, um ihr zu erzählen, was bei der Abschlussveranstaltung passiert war.

Der alte Jørstad und sein ehemaliger Schüler fanden schnell wieder zu ihrem früheren Verhältnis zurück, aber die Ideen, die die beiden Männer an diesem Abend auf der Veranda austauschten, waren, ehrlich gesagt, ziemlich unausgegoren. Sie hockten auf Korbstühlen hinter Tormods Werkstatt, und Jørstad öffnete ein Pils, während Tormod erzählte, woran er sich von den Arbeitsprozessen in der Werkstatt und den Tagen vor der Flucht des Tons erinnern konnte. Tormod war überrascht, wie viel Jørstad sich auf eigene Faust zusammengereimt hatte. Es stellte sich heraus, dass das Interesse des alten Lehrers schon an dem Tag, an dem seine Enkelin von der Schule nach Hause gekommen war und ihm von Helenes dynamischem Ton erzählt hatte, geweckt gewesen war. Er habe das eine oder andere gelesen und recherchiert, erklärte er – seit er im Ruhestand sei, habe er natürlich jede Menge Zeit. Als alter Nerd hatte er Blut geleckt und sich tief in die Materie eingearbeitet: Jørstad hatte viel über sogenannte Softroboter gelesen, und er war der Überzeugung, dass Tormod per Zufall einen solchen erschaffen hatte. Kein Zweifel, es sei ein reaktiver Ton, ein Teig, sagte Tormod und nickte, aber er wisse nicht, ob man ihn als »Roboter« bezeichnen könne. Jørstad pflichtete ihm bei, dass es ein wenig übertrieben sein mochte.

»Aber ›Roboter‹ ist nur ein Wort«, gab er zu bedenken. »Wie wäre es, wenn wir den Ton einen *denkenden Kitt* n-ten Grades nennen?«, fragte er theatralisch und kratzte seinen weißen Bart.

»Denkend?« Tormod schüttelte den Kopf. »Er denkt nicht viel.«

Jørstad kratzte die letzten Reste seiner Lehrerautorität zusammen und plusterte sich auf. »Du erinnerst dich doch, dass es drei Aktivierungsreaktionen gibt, nicht wahr? Kontraktion, Expansion und Rotation.«

Ja, Tormod war sich dessen bewusst.

»Nun, wenn alle drei in derselben Komponente miteinander kombiniert werden – in einer Komponente, die sich selbst einen Reiz oder Bewegungsimpuls gibt –, können wir von einem ›Muskel‹ sprechen, der ›denkt‹«, sagte Jørstad mit Nachdruck.

»Okay …«

»Das heißt, dass in deiner Erfindung das für Aktion verantwortliche Zentrum – mit anderen Worten: das Gehirn – sowie der Muskel und das Material an sich ein und dasselbe sind«, sagte Jørstad. »Es ist bemerkenswert. Und fixiere dich nicht auf die Terminologie«, fuhr er fort. »›Gehirn‹, ›Roboter‹ – das sind große Worte, aber auch die einzigen Begriffe, die wir haben.«

»Aber es ist nur Ton«, murmelte Tormod und deutete mit einer Kopfbewegung auf das Loch am Feldrand.

»Denk daran, dass dein Sohn ihn einen ganzen Tag lang auf dem Router gebraten hat«, erwiderte Jørstad. »Ton ist eine Sache, aber *Informations-Ton* ist etwas ganz anderes.«

»Der Ton war der WLAN-Strahlung ausgesetzt, in erster Linie während Alf online gespielt hat, und daraufhin wurde ein Arschloch aus ihm«, meinte Tormod. »Man könnte fast meinen, das Internet persönlich spukt durch das Dorf.«

»Könnte er einen Virus haben?«

»Hoffentlich nicht.«

»Hoffentlich …«

Jørstad philosophierte wild drauflos. Vielleicht sah er dies als einmalige Gelegenheit, um zu beweisen, dass Wissen und gründliches Nachdenken tatsächlich zur Lösung führten. Er dachte nach, bis ihm der Kopf brummte.

»Ein sich selbst stimulierender künstlicher Muskel, und außerdem so dynamisch wie Ton«, fuhr er fort und streckte die Hände aus. »Ich würde behaupten, dass er deshalb die Bezeichnung verdient …«

»Welche Bezeichnung?«

Jørstad sagte es noch einmal: »Softroboter.« Er klang triumphierend, aber seine Aussprache war etwas unsicher, es hörte sich an wie »Saftroboter«.

Tormod war nicht überzeugt. Immer wieder murmelte er, dass er nicht ganz sicher sei, was an jenem Wochenende in der Werkstatt geschehen war. Aber Jørstad war ein lösungsorientierter Mann. Sollten sie seinen alten Freund aus der Hauptstadt, den Professor, anrufen? Nein, Tormod war dagegen. Allein die Erwähnung des Professors versetze ihn in diese schwierige Zeit zurück, sagte er. Es sei unangenehm, wühle vieles auf. Das Wort »Professor« sei praktisch ein *Trigger*, argumentierte Tormod, wenngleich er diesen speziellen Ausdruck nicht verwendete. Jørstad hatte Verständnis und verwarf die Idee vorerst – er war nicht hartnäckig.

Dann erkannte Tormod, dass er seinem früheren Lehrer mitteilen musste, wer noch an dem Prozess beteiligt gewesen war, der aus dem Ton sozusagen ein autonomes Wesen gemacht hatte – Espen Heggelund.

Tormod schrak beinahe zusammen, als er den Namen Espen Heggelund in den Mund nahm. Der Name Espen Heggelund schlummerte immer in ihm, unausgesprochen, unerwähnt, wie eine Bedrohung oder eine Verheißung, eine Katastrophe oder eine Chance, doch erst als er den Namen über die Lippen brachte, ihn laut aussprach, wurde ihm klar, was es bedeutete, der Idee, dem Begriff, der Gestalt von Espen Heggelund Ausdruck zu verleihen. Trotzdem sprach er ihn aus. Der alte Jørstad war in einen Hefter vertieft und dachte noch immer über seinen Softroboter nach. Er erschrak und starrte Tormod entsetzt an.

Jørstad erinnerte sich natürlich an Espen, aber er müsse zugeben, dass die Erinnerung einen üblen Beigeschmack habe. Er wolle ehrlich sein: Espen Heggelund sei ein Unruhestifter gewesen, gelinde gesagt. Tormod gestand ein, dass

Espen ein sonderbarer Mensch war, aber er sei inzwischen sehr in das Geschäft mit Ton, Kitt, reaktiven Materialien, magnetischem Plastilin, dynamischem Petrolatum, sogenannten smart oils, intelligentem Kitt und ähnlichen Produkten involviert, die – sowohl im geschäftlichen als vielleicht auch im ideologischen Sinne – einen Gegensatz bildeten zu den alten inerten Stoffen wie magerem Ton, leblosem Teig, toter Materie, unintelligenten Oberflächen, trägen Materialien. Tormod merkte auf einmal, dass er anfing, beim Reden mit den Händen zu fuchteln.

Jørstad nickte verbissen. Es sah aus, als kaute er auf etwas. Ihm war klar, dass Tormod zu dem ebenso kurzsichtigen wie unterwürfigen Entschluss gekommen war, mit Heggelund in Kontakt zu treten. Es war unvermeidlich, dachte er. Jørstad konnte sehen, dass Tormod sich sträubte, obwohl er eine Reihe von scheinbar sachlichen Argumenten für Espens Beteiligung vorbrachte: Sie müssten ihn anrufen, behauptete er, weil Espen ihnen Vorschläge zur Deaktivierung des Teigs geben könne. Espen Heggelund sei hier der Experte. Es sei eine außergewöhnliche Situation. Das waren die Begriffe, die Tormod plötzlich in den Mund nahm. Große Worte. »Lösung«. »Deprogrammierung«. »Wahrheit«. Jørstad musste zugeben, dass praktisches Fachwissen wichtig war, und lenkte schließlich ein. Okay, gut, sie könnten Espen anrufen. Und doch wusste Jørstad auch, dass er sich damit von den tiefgründigen, bedachten und kohärenten Gesprächen mit Tormod verabschieden konnte. Jørstad befürchtete, alles könnte außer Kontrolle geraten und ein Tempo oder eine Form annehmen, die er nicht mehr im Griff hatte. Er war kein junger

Mann mehr und hatte stets die harten Jungs gemieden, die »verlorenen Seelen«. Davon hatte er sich ferngehalten, misstrauisch gegenüber Fraternitäten und Männerfreundschaften. Jørstad war und blieb ein vorsichtiger Nerd. Im tiefsten Herzen wusste er auch, dass jede Lösung, die sie ersonnen, im Beisein von Espen Heggelund zu einer Katastrophe führen würde. Aber vielleicht musste es einfach so kommen.

Wie befürchtet, bot Espen an, *sofort* vorbeizukommen, als Tormod ihn an diesem Abend um dreiundzwanzig Uhr anrief. Der Kerl war wirklich frei wie ein Vogel.

»Ich bin ein alter Junggeselle«, lachte dieser heiser. »Keine Verantwortung gegenüber niemandem! Ich steige sofort ins Auto!«

Tormod legte seine raue Handwerkerhand über den komplexen Handybildschirm. Jørstad und er berieten sich flüsternd und einigten sich darauf, dass es schon spät sei – sie würden am nächsten Tag anfangen.

»Dann fahre ich um sieben los«, antwortete Espen ohne das geringste Zögern.

29

AM NÄCHSTEN MORGEN standen der runzlige Jørstad (er sah aus wie ein grauer Orang-Utan mit Mütze) und der riesige, müde Tormod in der Auffahrt vor der Werkstatt. Beide hielten eine Tasse Kaffee in der Hand. Siv hatte die Kinder zu ihrer Mutter gefahren, bevor sie im Salon anfing. Pünktlich um 09:30 Uhr rauschte der Mitsubishi-Pick-up mit Ladeflächenabdeckung heran und hielt etwas zu schräg auf dem Gehweg. Espen zog an der Handbremse, bis sie knarrte, und sprang aus dem Auto.

»Also, was ist los?«, fragte er.

»Guten Morgen«, sagte Tormod.

»Der alte Jørstad, ey!« Espen zeigte auf Jørstad.

Jørstad nickte, scharrte mit den Füßen und streckte die Hand aus.

»Wie ein Klassentreffen aus der Hölle!« Espen schüttelte energisch die Hand des alten Lehrers und lachte. Sein breites Grinsen war verstörend.

»Nun, lasst uns …«, setzte Tormod an.

»Leute, sagt dem guten alten Espen Heggelund, was Sache ist!«, unterbrach ihn Espen und schlug ihm fünf, sechs, vielleicht sogar sieben Mal auf den Rücken. Tormod räusperte sich und führte sie in die Werkstatt. Dort hatte er eine

Platte aus Sperrholz auf zwei Böcke gelegt und drei Klappstühle darumgestellt. Das sollte ihr Konferenztisch sein. Jørstad setzte sich, ohne seine Tasse loszulassen. Espen bewegte sich mit seinem drahtigen Körper durch die Regalreihen. Sein Kopf wippte hin und her, während er eine Runde durch die Werkstatt drehte und dabei wirkte, als stellte er sich in einem Boxring auf einen rücksichtslosen Kampf ein, der erst vorbei wäre, wenn einer der beiden Fighter bewusstlos am Boden läge. Wo Espen auch hinkam, hinterließ er eine Spur der Verwüstung, aber diesmal würde es hoffentlich der Ton sein, der ihm zum Opfer fiel.

»Musstest einiges aufräumen nach dem letzten Mal, was?« Espen gab ein saugendes Geräusch von sich.

»Ja …«, sagte Tormod.

»War ganz schön heftig!«

»Kurz nachdem du weggefahren bist, hat sich der Ton zum ersten Mal aufgerichtet …«

»Ha!«, lachte Espen und klatschte in die Hände. Jørstad zuckte zusammen und blinzelte verwirrt.

»Dann legen wir mal los!«

Loslegen, ja. Tormod hatte das schon oft gehört, und diese Worte entzündeten sofort einen Funken, ein dunkles Feuer in ihm. Der Drang, high zu werden, überkam ihn, und er verspürte ein Gefühl von Wärme und Schlaffheit im Bauch. Er stapfte zur Serverecke und holte einen blauen Ordner, in dem er alle Informationen, über die sie bislang verfügten, gesammelt und in verschiedene Kategorien eingeteilt hatte: roter Ton, Dünger, Kitt, Bodenbeschaffenheit in Ostnorwegen und so weiter.

Aber Tormod war sehr wohl bewusst, dass dies keine

Besprechung sein würde, bei der sie über Papieren grübelten. Dieses Ziehen in der Magengegend war ein Omen – für Veränderung, Action, Neues, Irrsinn, totales Versagen, Krise. Sein Magen drehte sich um, drückte gegen sein Zwerchfell. Etwas sank, etwas anderes stieg hoch. Es war eine Vorahnung. Übelkeit.

Siv hatte sich verdammt noch mal auch Freiheiten herausgenommen, o ja, das hatte sie, dachte Tormod wütend. Traf sie nicht ständig auf eigene Faust Entscheidungen? Hatte sie nicht Snusken begraben und den Rest der Familie im Dunkeln über ihr Schicksal gelassen? Grinste sie nicht triumphierend und entblößte dabei ihr Zahnfleisch? Tormod knallte den blauen Ordner auf den Tisch und öffnete ihn an einem Trennblatt mit der Aufschrift *Deaktivierung*. Jørstad griff nach seinem Notizblock. Espen zog einen Stuhl zurück, drehte ihn um und setzte sich, den Brustkorb an die Stuhllehne gedrückt.

Gesagt, getan – oder vielleicht geplant, gewünscht und gefürchtet, möglicherweise unbewusst. Espen zwinkerte Tormod zu, redete die ganze Zeit ununterbrochen und stellte eine ganze Menge wilder, verworrener Hypothesen über Ton und Teige auf. Jørstad nickte und antwortete. Als Espen seinen großen Beitrag zur Diskussionsrunde vorstellte, das Konzept der *Oktopusmotoren*, das Jørstad in tiefe Konzentration und einen hektischen Schreibanfall versetzte, gab er Tormod ein Zeichen, sich ihm »für einen Moment« anzuschließen, um ihm »die Toilette zu zeigen«. So konnte erst Espen und dann Tormod eine Line Pep schnupfen, was dieselbe Mischung aus Elan und verwirrter Ekstase hervorrief, die überhaupt zur Aktivierung des Teigs geführt hatte.

Diesmal würde sie ihnen helfen, ihn zu deaktivieren. Wie Jørstad am Abend zuvor schon vage befürchtet hatte, lösten sie ein Problem dadurch, dass sie das nächste in die Welt setzten, aber so waren viele Leute nun einmal.

Auf dem Klo hatte Tormod den Eindruck, dass sich ihm alles in absoluter Klarheit offenbarte. Knoten schienen sich im Bruchteil einer Sekunde zu lockern und zu lösen, Verbindungen entstanden, seine Brust wurde weit, der Nebel lichtete sich, und die Landschaft in ihm wurde wieder licht und hell, der Himmel hoch und das Wasser klar wie Gin. Die Lage war katastrophal. Nun gaben ihm die Amphetamine die Kraft, diese Katastrophe aufrecht und mit Zuversicht und Energie durchzustehen. Das ist der Zauber des Rausches. Mit federleichten Schritten kehrten sie in die Werkstatt zurück.

War Tormod in der Nacht zuvor bei seinen Gesprächen mit Jørstad noch bedrückt und nachdenklich gewesen, wurde er jetzt leichtsinnig und brachte neue Theorien und Lösungen ins Spiel, die meisten davon ziemlich unausgegoren, aber immerhin mangelte es ihnen nicht an Vorschlägen. Sie warfen mit Konzepten nur so um sich. Tormod betonte, dass *Es* jeden Tag seine Form ändere. Von einem Tag auf den anderen sah *Es* komplett anders aus. Espen schlug auf den Tisch und rief mit hohler Stimme und grimmiger Miene: »Gestaltwandler!«

»Aha? Haben wir es vielleicht mit einer Loki-artigen Wesenheit zu tun?«, fragte Jørstad philosophisch.

Nein, diese Idee war bald unter einem Berg anderer Gedanken begraben, und die Diskussion ging weiter: wild, fahrig, wichtigtuerisch, leidenschaftlich und nur minimal lösungsorientiert. Nie kam zur Sprache, wie sie die Kreatur, das Ding oder *Es*, wie sie es inzwischen nannten, denn einfangen könnten, womit sie um das einzig entscheidende Problem herumredeten. Und währenddessen verstrich die Zeit. Ja, Tormod hatte die Uhrzeit im Blick. Auch wenn er high war, wusste er, dass sie verschwinden mussten, bevor Siv aus dem Salon zurückkam. Undenkbar, dass sie Espen hier antraf. Deshalb zogen sie um vier Uhr in Jørstads Keller um, wo Espen ein schmales Bett bekam, in dem er übernachten konnte, solange die »Deaktivierung« dauerte.

Tormod schickte Siv eine Nachricht, in der er erklärte, dass er erst spät nach Hause kommen werde. Eine »Lösung für die Teigsache ist in Reichweite«, schrieb er. Das war nur die halbe Wahrheit. In Reichweite waren nur ein pensionierter alter Nerd und ein mit Pep aufgeputschter Lieferbote der Plastilinindustrie.

30

SIVS FRISEURSALON war schon immer eine Drehscheibe für Informationen aller Art gewesen, aber jetzt befanden sie sich in einer Ausnahmesituation. Die Geschichten und Schauermärchen häuften sich. Ein weiterer Junge sei gestern ohne Haare nach Hause gekommen, verkündete Lisbeth. Bekkevolds Sohn, der arme Kerl. Und zu allem Übel hätten drei Hühner auf Spikkeruds Farm den Schnabel und einige Schwanzfedern verloren, sagte Gry. Wenn sie versuchten, Mais zu picken, stießen sie mit der Stirn auf den Boden. Merete berichtete, dass eines der Rehe, die gern die unreifen Äpfel im Garten der Kulstads naschten, an den Vorderläufen keine Hufe mehr besitze. Die Kulstads hätten es mit eigenen Augen gesehen, als sie im Morgengrauen frühstückten. Auf und an den Friseursesseln gab es viel Seufzen, Schnaufen und Kopfschütteln. Rehhufe? Uff. Hmpf. Kaum zu glauben, dass Tormods lustiges, kleines Wesen, das ihnen neulich so knuffig vorgekommen war, dafür verantwortlich sein sollte. Finnsbråtens Tante, die auf einem der Stühle saß und sich eine Dauerwelle machen ließ, warf ein:

»Einer von den Männern, der mit meinem Sohn auf die Jagd geht, hat einen nackten Luchs gesehen.«

»Einen nackten Luchs?«

»Ja, einen abgedeckten Luchs, der von Kåtorpgrenda runterkam.«

Oscar, Tormods Vater, hatte früher auch viele Hasen, Hirsche und gelegentlich Elche enthäutet, als er noch zur Jagd gegangen war. Während der Mittagspause, als die Frauen mit ihren Eierbaguettes und Lattes im Hinterzimmer saßen, stellte sich Siv den felllosen Luchs vor. Ihr Blick schweifte in die Ferne. Ein Sonnenstrahl brachte Paulines Mähne auf ihrem Kopf zum Leuchten. Sie hörte mit halb vollem Mund auf zu kauen und starrte auf die Tischplatte. Siv hatte gerade eine entscheidende Verbindung hergestellt; der Gedanke war ihr wie aus dem Nichts gekommen. Vor ein paar Jahren war eine der Frauen aus dem Salon (Merete) in die Hauptstadt gefahren, um professionelle Hilfe in Anspruch zu nehmen. Ihr trockenes, krauses Haar hatte sie in den Wahnsinn getrieben, und sie hatte eine beliebte, wenn auch teure Behandlung in der Großstadt gebucht. Eine Version dieser Kur hatte sie danach mit nach Råset gebracht, und seither boten sie im Salon eine ähnliche Behandlung an, die ihren Kunden und Kundinnen proteinreiches Haar versprach. Angeblich konnte man damit Haarspliss reparieren, Strähnen blieben glänzend und glatt, das Haar würde geschmeidig und schön. Die Behandlung hieß *Brazilian Blowout* oder *Brazilian Frizzout*. Die technische Bezeichnung lautete »Keratin-Behandlung«, und das war der Geistesblitz, der Siv während dieser Mittagspause kam. Sie blickte zu dem Regal mit den Keratin-Produkten.

»Will der Batzen vielleicht ein *Brazilian Blowout*?«

Merete, Lisbeth und Gry starrten ihre Kollegin an.

»Braucht er Keratin?« (Sie sprach es Ker-á-tin aus.)

Nein, das war viel zu abstrakt. Die anderen wechselten verwirrte Blicke. Siv musste es ihnen erklären: Was verschwand derzeit in Råset? Haare. Da waren sich alle einig. Aber auch Fell. Nägel und Hörner. Sie nickten. Was sonst? Schnäbel und Hufe.

»Es ist alles dasselbe«, sagte Siv.

»Dasselbe …« Lisbeth zerknüllte ihre Serviette.

»Keratin, das in der äußeren Hautschicht produziert wird«, sagte Siv. »Haar ist dasselbe wie Horn.«

Sie rückte ihre Perücke zurecht.

»Keratin.«

»Wirklich?«

»Das ist alles Keratin.«

»Oh …«

»Und Federn. Denkt an Spikkeruds Hennen.«

»Federn auch?« Merete trank einen Schluck Latte und versuchte diese neuen Informationen, die aus Siv heraussprudelten, zu verarbeiten. Woher wusste sie das alles nur?

»Wir können froh sein, dass niemandem die Zähne gezogen wurden«, fuhr Siv fort. »Zahnschmelz besteht aus derselben Substanz.«

»Gott steh uns bei!«, sagte Gry.

»Oh, bitte nicht die Zähne«, sagte Lisbeth.

Es kam nicht jeden Tag vor, dass Siv solch eine Erkenntnis hatte, und je länger sie darüber redete, desto überzeugter war sie, dass die Keratin-Theorie stimmen musste. Es gab ein Muster, das erkannte sie jetzt, eindeutige Zusammenhänge. Siv ließ ihr Eierbaguette auf den Pappteller fallen und stand auf. Mit Paulines Haaren auf dem Kopf sah sie phänomenal aus. Siv war eine große Frau, breit gebaut, wirkte aber nicht mehr so füllig. Wenn überhaupt, erschien sie stark und kampfbereit. Da sie ein sommerliches Spaghettiträger-Top mit Vogelmotiv, Papageien und Monstera-Blättern trug, konnte sie zwar nicht die Ärmel hochkrempeln, aber im Grunde tat sie genau das. Siv krempelte die Ärmel hoch, und man konnte sich fragen: Wollte sie das Kommando übernehmen? Würde sie wieder einmal Tormods Chaos beseitigen?

»Nein …«, sagte sie.

Ihre Kolleginnen ließen ebenfalls ihre Eierbaguettes sinken und starrten sie an.

»Nein …«, sagte Siv.

✦

Es war mindestens fünfundzwanzig Jahre her, seit Jørstads Sohn aus dem Kellerraum ausgezogen war, aber dieser war seit damals unberührt, ungestört und unverändert. Espen Heggelund boxte mit Pep-getriebener Freude in die Luft, als er die Treppe herunterkam – der Ort war perfekt. Das lag nicht nur an den Saxon-, Anthrax- und Manowar-Poster an den Wänden, denselben, die Espen selbst einmal besessen hatte; jedes Element stimmte, die Patina passte genau. Der Raum war wie eine Zeitkapsel aus der zweiten Hälfte der 80er-Jahre. Angefangen von den Stühlen, dem Schreibtisch und dem Bett bis hin zur Bettwäsche, dem Lampenschirm und dem riesigen Aufkleber des Herstellers, Anebyhus, am Fenster: Alles stammte unverkennbar aus Espens (und Tormods) Teenagerjahren. Auf einem Regal stand sogar ein Radio mit Kassettenrekorder der Marke Silver, genau so eines, wie es Espen einst besessen hatte, und verdammt, da entdeckte Espen doch glatt auch noch eine Schublade voller Kassetten unter dem Schreibtisch, während Jørstad schnaufend nach oben ging, um Kaffee zu machen. Unter den Kassetten befand sich allerlei Mist (»Er hat Falco gehört?!«), aber es war auch ein gottverdammtes Iron-Maiden-Tape dabei. *Piece of Mind!* Espen schob es in den Rekorder und bereitete für sich und Tormod eine fette Line vor. »Motivation«, sagte er grinsend, und Tormod folgte jetzt ohne Widerstand und Zweifel – es ging Schlag auf Schlag, wie man sagt. Er drückte sich ein Nasenloch zu und sniffte. Jørstad kam mit einem Tablett voller Kaffeetassen, Weihnachtskekse (im Juni?) und Braunkäse zurück, und sie fuhren fort, neue Theorien und wilde Pläne zu entwerfen.

Sie einigten sich darauf, die »Jagd« einzugrenzen. Wortführer war Espen, Tormod lieferte nur ab und zu ein paar Beiträge. Jørstad fragte sich zunehmend, in welche Gesellschaft er da geraten war. Das hektische Geschwätz der beiden Männer machte ihn müde, und er kippte den Kaffee nur so hinunter, um nicht den Anschluss zu verlieren. Er musste sich wappnen, denn schon bald feuerten sie die nächste Salve von Konzepten par excellence ab. Seine beiden Ex-Schüler trugen dick auf: Flossen, Pickel, Horn, Schnabel, Antenne (Tormod), Tentakel, Fangarm, Saugnapf, Blutegel, Anemone, Depression, Abgrund, Sohle, Rübe, Kerl (Tormod), Prise, Kratzer, Drücken, Kauen, Knabbern, Aufladen, Übertragen, Pfote, Extremitäten, Gliedmaßen, Mosink, Kreuzgelenk, hacken, reißen, Ringelwurm (Tormod), Beschichtung,

Hermaphrodit, Zerkleinern, Kauapparat. Und hat man's nicht gesehen – oder gehört: Genau in diesem Moment erklang *The Flight of Icarus*, der dritte Song. Espen konnte sich nicht zurückhalten. Er sprang auf und sang: »*Flyyyy, touch the suuun*« zwischen neuen Hypothesen, kniete sich halb hin und reckte eine zitternde Faust in die Luft, bevor er sich wieder in der Gewalt hatte und seinen Vortrag über »optische Tontauben« aus Belgien mit aller Ernsthaftigkeit fortsetzte.

Die Schlüsselidee, die in diesem ganzen Wahnsinn Gestalt annahm, lautete, dass die Metallspäne, die sie damals in jener Nacht in der Werkstatt auf den Ton gestreut hatten, ihn magnetisch gemacht hatten. Die Absorptionsfähigkeiten von *Intelligent Putty Pro* seien unübertroffen, und Espen versicherte, dass er auch die eine oder andere Dosis Ferrofluid hinzugefügt habe. Ergo könnten sie mit einem ausreichend starken Elektromagneten den (wahrscheinlich) eisenhaltigen Teig anziehen. Sie hatten keine Zeit zu verlieren, sie mussten nur einen Magneten bauen, der stark genug war. Jørstad bekam das doch hin, nicht wahr? Oder? Espen fuchtelte mit einem Finger vor dem Gesicht des alten Lehrers herum. Jørstad zuckte zusammen. Ja, wenn es eine Sache gebe, die er beherrsche, dann das Bauen verschiedener elektrischer Installationen. Aber sie bräuchten viel mehr Kupferdraht, was nicht billig sei, und vielleicht vier Batterien, damit der Magnet stark genug werde, sowie einen kleinen Anhänger oder dergleichen, um die Konstruktion durch die Gegend zu kutschieren, sobald sie fertig sei. Tormod meinte, er werde dafür aufkommen, das sei das Mindeste, was er tun könne. Espen werde die Materialien besorgen, null problemo, der Laden in Rudshøgda hatte doch bis 21 Uhr geöffnet, oder? Und so weiter und so fort. Das Letzte, was passierte, bevor Espen in seinen Mitsubishi sprang und losraste, um Kupferdraht zu holen, war, dass das Intro von *Still Life* aus der Stereoanlage dröhnte. In diesem Song spricht Iron Maidens monströses Maskottchen Eddie den Text rückwärts, wie eine satanische Formel. In Wahrheit war es eine Idi-Amin-Satire, die einer der Jungs von Maiden aufgenommen und dann umgekehrt abgespielt hatte. Espen, so stellte sich heraus, kannte die gesamte Passage auswendig, und während er die Kellertreppe rückwärts hinaufging, hielt er strahlend den absurden Monolog, bevor er sich umdrehte und verschwand: »*What ho said the t'ing with the three ›bonce‹, do not meddle with t'ings you don't understand …*«

Nur rückwärts.

TEIL 5

31

MI-MI, DER HIESIGE Dorftrottel, der ständig mit gesenktem Kopf auf und ab durch Ommangen wanderte, stöhnte gequält. Er wollte seiner lauten Mutter etwas mitteilen. Mi-mi redete nie ohne Grund, seine Sprachstörung erlaubte ihm kaum, überhaupt zu reden. Seit über dreißig Jahren erzählten sich die Kinder im Dorf, dass seine Zunge »verkehrt herum« sei. Und doch wollte Mi-mi nicht aufhören zu stammeln. Seine Mutter tätschelte ihm den Rücken und half ihm. Nach langem Grunzen und Bellen brachte er mit Mühe heraus, dass sich »der Klops« in der Ruine der alten Mühle am Fluss verbarrikadiert hatte. Dass er dort lauere und auf Paulines Haare aus sei, oder »Puuulihne huuuurhh«, wie er gurgelte. Diese wertvolle Information machte bald im Salon die Runde, als sich Margit, die Cousine zweiten Grades von Mi-mis Mutter, dort Strähnchen machen ließ. Siv hatte beschlossen, an diesem Nachmittag die »Keratin-Spur« zu verfolgen, und nickte interessiert, als sie den Klatsch über die alte Mühle erfuhr.

Die Frauen aus dem Salon nahmen sich vor, alles in ihrer Macht Stehende zu tun, um weitere Angriffe zu verhindern und das Monster vielleicht sogar einzufangen. Sie sammelten alle Haare vom Boden auf, weil sie sie über Nacht in

Schachteln und Schüsseln auslegen wollten, so ähnlich wie den süßen Brei, den man zu Weihnachten für den Weihnachtsmann vor die Tür stellt. Sie würden herausfinden, ob es möglich war, das Ding damit zu ködern, und dafür zu sorgen, dass die »Plage«, wie Siv es ausdrückte, nicht weiterzog und in der Stadt Angst und Schrecken verbreitete. Tormods Schöpfung durfte Råset nicht verlassen.

Siv bat ihre Mutter, das Abendessen für die Kinder zu machen, damit sie und die Mädels aus dem Salon nach Feierabend eine Runde in Meretes Mazda drehen konnten. Sie stellten Gefäße voller abgeschnittener Haare auf Türschwellen, an Hausecken und hinter Transformatoren-Häuschen, die mit halbherzigen Graffiti bekritzelt waren und Schutz vor dem Wind boten – überall dorthin, wo der Klumpen zugeschlagen und ein »Absaugen« stattgefunden hatte. Den größten Bottich mit Schnitthaar schleppten sie am Fluss entlang zur alten Mühle, wo der Boden moosbewachsen und rutschig war. Verrottende weiß gebleichte Baumstämme lagen halb im Wasser. Dort stand eine schön gebogene junge Birke, und sie stellten den Bottich neben eine entwurzelte Fichte, etwa hundert Meter von der Mühle entfernt. Näher heran trauten sie sich nicht. Sivs nackter Schädel glänzte. Sie hatte ihr (Paulines) Haar im Kofferraum des Autos gelassen und es sicher eingeschlossen, damit nichts diese prächtige Mähne verschlang, während sie ihre Lockmittel auslegten, ihre Köder, oder vielleicht sollte man besser »Fallen« sagen.

Es war schon Schlafenszeit für Helene, als Siv müde, aber aufgeregt zurückkehrte. Sie schickte ihre gereizte Mutter nach Hause und ging nach oben zu den Kindern. Das

Mädchen sah bleich aus. Etwas in ihr rumpelte, zerrte und drückte, und Helene stöhnte.

»Ich habe die ganze Zeit Hunger, Mama«, sagte sie. »Das ist doof.«

Siv brachte ihr eine Schüssel mit Joghurt und Müsli, aber Helene wollte nichts davon, sie jammerte nur weiter und steckte dann ihren Zopf in den Mund und knabberte sogar ein wenig daran. Siv sagte streng, sie solle nicht an ihren Haaren lutschen. Alf fragte schüchtern, ob er noch ein bisschen am Computer spielen dürfe. Sie müsse es erlauben, sagte er, schließlich seien Ferien. Siv tätschelte ihm den Nacken, und Alf wusste, das war ein Ja.

An diesem Abend schickten sich die Mädels aus dem Salon wie wild Nachrichten, sie waren alle in Hochstimmung, und mittendrin traf eine SMS von Tormod ein. Mit einer ungewöhnlich großen Zahl von Tippfehlern teilte er ihr mit, dass er in Jørstads Werkstatt bleiben würde. Sie seien auf etwas gestoßen, erklärte er. Er hoffte, das ging in Ordnung, »wiels in Notflal st.«

»Gut«, antwortete Siv.

Siv ging spät zu Bett und wachte früh auf. Es war eine unruhige Nacht gewesen. Alles wirkte so wirr. Hatte sie nachts ein Kratzen im Haus gehört? Ja, sie hatte das Gefühl, dass sich etwas an den Wänden entlangbewegt hatte, immer hin und her. Vielleicht waren es nur stressbedingte Träume gewesen, aber im Erdgeschoss war jetzt ganz deutlich Radau zu vernehmen. Es war Tormod – seine chaotische Energie strahlte bis zu ihr herauf. Siv verspürte einen Stich in der Brust, setzte die Perücke auf und ging nach unten. In ihrem

Morgenmantel trat sie auf die Veranda. Draußen war es so hell, dass Siv die Augen zusammenkniff. Dies sollte der letzte in einer langen Reihe von herrlichen Tagen sein. Tormod schleppte Dinge aus der Werkstatt zu seinem Auto. Er wirkte vollkommen aufgelöst.

»Hast du letzte Nacht überhaupt geschlafen, Tormod?«

Tormod wich ihr aus, blickte Siv nicht einmal an, während er im Kofferraum Sachen hin und her schob und in Taschen kramte. Ja, ja, er habe sich ein paar Stunden hingelegt, murmelte er, aber die meiste Zeit habe er gearbeitet, er sei die halbe Nacht auf gewesen, jepp, sagte er mit einem Achselzucken, fast so, als hätte er es eilig, und er war eindeutig nicht in der Lage oder nicht gewillt, Siv dabei in die Augen zu sehen, während er sprach. Jørstad und er stünden kurz vor einem Durchbruch, erklärte er, sie hätten die Situation bald unter Kontrolle. Bald werde alles wieder normal werden. Ja, bald seien die Dinge geregelt, sagte er.

»Ich muss gleich in den Salon«, sagte Siv. »Du musst dich ein paar Stunden um die Kinder kümmern. Meine Mutter kann nicht vor zwölf kommen.«

»Bis zwölf?« Tormod schnappte nach Luft.

Das Stechen in der Brust, das Siv oben verspürt hatte, verwandelte sich in Übelkeit, und aus dieser Übelkeit wurde eine Wärme, die sich unglaublich langsam in ihr breitmachte. Es dauerte ein paar Sekunden, bis sie das Gefühl erkannte: Angst. Sie hatte Angst, aber alles, was sie hervorbrachte, war:

»Ist alles in Ordnung, Tormod?«

»Bin nur ein bisschen gestresst«, sagte er ihr wahrheitsgemäß. »Ich muss das Zeug hier wegbringen, dann komme ich zurück und kümmere mich um die Kinder.«

Siv ging wieder ins Haus und gab mehrere Löffel Kaffeepulver in den Filter.

Tormod trat aufs Gas und fuhr mit den Sachen zu Jørstad. Eine Viertelstunde später war er wieder da, wich ihr und ihrem Blick aber immer noch aus. Er ließ die Autoschlüssel auf die Arbeitsplatte fallen und rannte nach oben. »Bis später«, rief er ihr über die Schulter zu. Siv füllte ihre Thermoskanne und setzte sich ans Steuer. Im Auto roch es nach Zigarettenrauch. Tormods Geschäftigkeit, die zusammengerafften Habseligkeiten, der abgewandte Blick und der Rauch beschworen ein schemenhaftes Bild herauf. Waren es die Umrisse des Monsters, vor dem Tormod sie vor all den Jahren gewarnt hatte? Ihr erster Gedanke lautete: War er in diesem Augenblick in der Lage, sich um die Kinder zu kümmern? Sie schürzte die Lippen und schüttelte den Kopf. »Das kann nicht sein.« Siv drehte den Zündschlüssel herum. »Er ist bei Jørstad.«

Mit Paulines Haaren auf dem Kopf und einem mulmigen Gefühl im Bauch legte sie den ersten Gang ein und ließ die Kupplung kommen.

»Nein, auf keinen Fall.«

Die Schüsseln mit den Haaren hatten gewirkt. Zumindest gab es an diesem Morgen keine Berichte über neue Attacken oder »abgesaugte« Köpfe. Und als Merete und Siv mit dem Mazda durch das Dorf fuhren, stellten sie fest, dass sämtliche Gefäße leer waren, jedes einzelne saubergekratzt, sogar der große Bottich neben der Mühle lag umgekippt und leer da. Sie waren sich einig, dass sie die Behälter wieder auffüllen würden; ihr Plan war ein Erfolg gewesen. Doch als sie zurück im Salon waren, wurde ihnen klar, dass sie enttäuschend wenig Haare hatten. Bis zum Mittagessen kamen nur drei Kunden, und einer davon war Tore Demroen mit seinem sehr schütteren Haar – anders gesagt, viel war da nicht zu holen.

»Alf braucht einen neuen Haarschnitt, er sieht ein bisschen zottelig aus«, sagte Siv energisch und beorderte ihren Sohn mit einer SMS zum Salon.

Gry sagte, sie werde nachher ihre Jungen anrufen, die beiden spielten gerade Fußball, aber die beiden könnten sie heute Nachmittag »drannehmen«. Merete sandte eine Nachricht an ihren Bruder und bat ihn, die ganze Familie vorbeizubringen. Zwanzig Minuten später erschien Alf auf seinem Fahrrad. »Zeit für deine Sommerfrisur«, hieß es. Alf zierte sich. Er hatte sich noch nie gern die Haare schneiden lassen und war der Meinung, dass sein Gesicht mit einer Kurzhaarfrisur rund aussah. Siv duldete jedoch keine Widerrede, und leider bekam er – nachdem man ihn auf den Stuhl seiner Mutter verfrachtet, ihm den weißen Kragen aus Krepppapier fest um den Hals gelegt und einen schwarzen Umhang darüber zugeknöpft hatte – eine noch kürzere Frisur als sonst.

»Nicht so kurz!«, flehte er.

»Wir brauchen deine Hilfe, Alf. Los. Weg damit.«

»Aber du schneidest sie zu kurz!«

»Sei nicht albern, es sind nur Haare.« Siv war unsentimental, genervt – schlichtweg gestresst.

»Damit schaue ich voll fett aus, Mama!«

»Wir brauchen die Haare«, sagte Siv. »Alle aus dem Dorf müssen mithelfen. Es ist wegen dem Ding, das dein Vater geschaffen hat.«

»Schneidet ihr Helene auch die Haare?«

»Erst bist du dran, Alf.«

»Warum nicht Helene?«

»Vielleicht später. Sie hat ihre so lange wachsen lassen. Wir werden sehen.«

Siv stellte den Rasierer auf eine andere Stufe, und Alf merkte zu seinem Entsetzen, dass sie gar nicht vorhatte, ihm die Haare zu *kürzen*. Sie wollte ihm eine Glatze schneiden. Er fing an zu weinen.

»Hör auf zu weinen, Alf, wir sind fast fertig. Das ist praktisch für den Sommer, wenn du schwimmen gehst und so weiter.«

»Ja, weil ich überhaupt keine Haare mehr habe«, wimmerte er.

Sobald Alfs Schädel fertig rasiert war, radelte er schniefend wieder nach Hause. Unterwegs kam er am Haus der Landheims vorbei und sah ihren achtjährigen Sohn im Garten, auch er vollkommen haarlos. Alf und der Junge glotzten sich an, Alf auf dem Fahrrad, der Junge nur mit einer Unterhose bekleidet. Er hielt einen grün-schwarzen Gartenschlauch und goss geistesabwesend die Stachelbeersträucher. Das Mädchen mit den Liebesherzen, das ihre Haare hinter dem Kiosk verloren hatte, wohnte drei Häuser weiter. So war das Leben in Råset jetzt – ein bisschen ungesund oder verletzt, vielleicht sogar falsch, fiebrig.

Siv blickte auf das Häuflein aus Alfs Haaren. Das reichte gerade mal für eine Portion. So würden sie nicht durch den Tag kommen. Sie brauchten mehr. Sie brainstormten oder hatten eine *thought shower*, wie Lisbeth es ganz zeitgemäß nannte. An diesem Montag hatten die Sommerferien begonnen, was bedeutete, dass sich weniger Leute die Haare schneiden ließen. So viel war klar. Sollten sie Federn oder Daunen von alten Nestern und Steppjacken sammeln? Sie setzten es auf ihre Liste. Sollten sie auch online in der privaten Facebook-Gruppe posten, dass alle einen Beitrag für die Allgemeinheit leisten müssten? Dass sich alle, die es einrichten konnten, die Haare schneiden lassen sollten? Sollten sie zum kollektiven Haareschneiden aufrufen? Ja, das sollten sie. Merete schrieb:

Wir fordern so viele Menschen wie möglich auf, sich zu Ferienbeginn die Haare schneiden zu lassen.

Wir sammeln die Schnittreste. Rabatt! Damit soll verhindert werden, dass sich die jüngsten Ereignisse wiederholen. Wir können es aufhalten, wenn wir sehr viele Haare sammeln!

Die Likes ließen nicht lange auf sich warten. Einige erklärten, dass sie helfen wollten. Manche schickten ihre Ehemänner, andere ihre Kinder. Aber wie bei allen Online-Posts gab es auch ein paar Stänkerer. Einer antwortete:

Uns die Haare abschneiden lassen, damit wir sie nicht verlieren? Gute Idee.

Die Mädels aus dem Salon fanden diesen Kommentar abartig, und sie verfassten eine scharfe belehrende Antwort. Das Wort »Solidarität« fiel. Sie gingen auch näher darauf ein, wie sie es geschafft hatten, »den Klumpen in der letzten

Nacht mit Schüsseln voller Haare zu zähmen«. Es sei im Interesse aller, schrieben sie. Wenn das ganze Dorf zusammenhelfe, könnten sie das Ding anlocken und vielleicht einfangen. Sogar noch in dieser Nacht, wenn sie sich anstrengten. Dann erwähnten sie noch den Fluss und die alte Mühle und beschworen das Bild eines hungrigen, kleinen Trolls herauf, der in den Ruinen kauerte.

32

DIE FARCE GING WEITER, als Tormod in Jørstads Werkraum mit mahlenden Kiefern und runden Glupschaugen fassungslos durch den Thread scrollte, in dem es zwischen dem Salon und ein paar Dutzend Dorfbewohnern hin und her ging. Haare? Schüsseln mit Haaren? Für Tormod war es nichts Neues, dass Siv in kritischen Momenten einen klaren Kopf bewahren konnte, aber wie hatten die Mädels vom Salon es geschafft, das alles herauszufinden? Tormod wurde von seinem hohen Ross geworfen. Seine Frau, Siv Danielsen, hatte offenbar ihren Verstand benutzt und stand im Begriff, ihren Gatten und sein Gefolge sozusagen auf der Schlussgeraden zu überholen. Tormod sah Siv mit ihrer goldenen Mähne vor sich, die kraftvoll in der untergehenden Sonne glänzte. Aber das Pep-Pulver gaukelte ihm etwas vor. Er sah das eigene Versagen nicht mehr. Ja, das Pulver ließ ihn tatsächlich im Glauben, dass er das Rennen noch gewinnen konnte. Er las den Beitrag noch einmal genau, während sein Gehirn auf Hochtouren lief.

»Gottverdammmich«, murmelte Tormod. »Ist der Ton etwa auf Protein aus?« Nein, wenn dies der Fall wäre, würde er alles Erdenkliche aufsaugen. Regenwürmer, Gras, Ameisen. Aber was war mit Keratin? Könnte es Keratin sein? Haar ist tote Materie, die paradoxerweise kontinuierlich wächst, ähnlich wie der Ton selbst. Also ja, Keratin könnte eine zentrale Rolle spielen. Oder waren es die Aminosäuren im Keratin, die es dem Klumpen ermöglichten, Proteine zu bilden? Ging er deshalb so auf? Tormod kaute manisch auf der Innenseite seiner Wange und rief nach Jørstad, der Schwierigkeiten hatte, den Befehlen zu folgen, die aus Espen herausschossen.

»Du, Rovar?« – (Jørstads Vorname) – »Wie heißt die Aminosäure in Keratin?«

»Wie bitte?«, fragte der alte Jørstad erschrocken und müde.

»Die Aminosäure, von der fette Leute zu viel haben.«

»Das … ah, autsch!« Jørstad stieß mit der Hüfte gegen den Türrahmen. »… meinst du Zystein?«

»Zystein, genau, das ist es …«

Espen und der alte Jørstad – inzwischen wankte der pensionierte Lehrer regelrecht, möglicherweise völlig erschöpft – schoben und zerrten das Monster von einem übergroßen Elektromagneten, das sie gebaut und auf einen winzigen Trolley gestellt hatten, über die Schwelle und auf die Straße hinaus. Tormod beobachtete Jørstad und schüttelte den Kopf. Er blickte zu Espen und spürte, wie seine Zuversicht sank. Ihm wurde klar, dass diese Trottel – dazu gehörte er auch selbst – auf dem völlig falschen Dampfer waren.

Wir machen uns lächerlich, dachte Tormod.

»Hilfe«, sagte Jørstad.

»Tormod!«, rief Espen. »Hilf uns, um Gottes willen. Der Zylinder kippt!«

In der Tat. Der Zylinder – eine dicke Metallröhre, die sie die halbe Nacht lang mit fast einem Kilometer Kupferdraht umwickelt hatten, damit der Magnet stark genug war – schwankte und kippte. Tormod eilte herbei und hielt die Vorrichtung fest. Er war doppelt so stark wie Espen und mindestens achtmal so stark wie Rovar Jørstad.

Während er sich gegen den Zylinder stemmte, ging er in sich und hatte es plötzlich klar vor Augen: Wenn der Plan lautete, dass sie zu dritt – Espen Heggelund, der alte Jørstad und er – mit diesem Ungetüm auf Råsets Straßen auf und ab führen, um den nach ihren Berechnungen magnetischen Tonklumpen anzuziehen, würde das eine Blamage. Es würde die Mutter aller Blamagen. Hatte man jemals etwas so Lächerliches gesehen? Diese Männer waren seine Partner, aber sie tappten im Dunkeln. Wie dämlich. Wie erbärmlich. Siv und ihre Freundinnen waren auf Draht. Sie waren der Lösung viel näher gekommen, und zwar auf einem viel vernünftigeren, um nicht zu sagen *eleganteren* Weg. Siv war auch physisch näher an dem Ding, sie hatte damit Kontakt gehabt. Tormod nicht. Wie hatte es Siv nur fertiggebracht, eine solche Initiative zu zeigen, eine heiße Spur zu entdecken und den Ton zu ködern? In ihm regte sich eine Ahnung, wie Siv die Kreatur austrickste und anlockte, und dem Zimmermann aus Råset wurde flau im Magen. Im typischen abgehackten, pulsierenden Tempo-Rhythmus des Pep-Pulvers fragte er sich, ob nicht Siv die eigentliche Expertin war, was seine Schöpfung *anging*. War es denkbar, dass *Siv* jetzt die *Gelegenheit selbst* war?

✦

Wenn wir uns noch eine hochtrabende Bemerkung gestatten dürfen und uns für einen kurzen Augenblick ein wenig von Tormods Bezugssystem entfernen, könnten wir tatsächlich behaupten, dass Siv sich allmählich zu einer Art *Occasio*-Figur entwickelte. *Occasio* ist eine allegorische (römische) Göttin, die fordert, dass man eine Gelegenheit ergreifen muss, sobald man sie (Occasio) sieht, sonst wird sie vorübergehen. Dies kommt in den Darstellungen der *Occasio* – also der Gelegenheit selbst – als muskulöse nackte Frau zum Ausdruck. Sie hat dicke Locken, die Stirn und Gesicht verdecken, doch ihr Hinterkopf ist vollkommen kahl und glatt. Man muss sie beim Schopf packen, während sie auf einen zukommt, denn wenn sie vorüber ist, kriegt man sie nicht mehr zu fassen, und sie ist für immer fort.

Als Allegorie mag das ein wenig dürftig sein, aber es war auch gefährlich, weil Tormod Siv ja am Schopf packen konnte. Überspitzt man die Allegorie ein bisschen, ist offensichtlich, dass sich die Perücke einfach von ihrem Kopf lösen würde.

✦

Tormod wusste, dass jede Sekunde zählte, aber alles, was er in seinem überdrehten wilden Elan zu bieten hatte, waren seine künstlich aufgeputschte Energie und sein übersteigertes Selbstbewusstsein, was wiederum eine Folge des geschnupften Pep-Pulvers war. Neben einer *unkritischen* Haltung und einer allgemein *gehobenen Stimmungslage* gehört zu den Hauptmerkmalen der Wirkungen des Pulvers – vielleicht sollten wir es an dieser Stelle einfach »Amphetamin« nennen –, dass sich eine Niederlage eigentlich nie wie eine

Niederlage anfühlt. Der Konsument überschätzt seine eigenen Fähigkeiten, und was für ihn selbst hellsichtig und weitblickend wirken mag, ist oft einfach ein Fall von Detailfixierung und letztendlich von übler Selbstgerechtigkeit. Tormod Blystad erschien es nun völlig logisch, dass Tormod Blystad nicht akzeptieren durfte, dass Tormod Blystad keine Antwort auf seine eigenen Probleme hatte. Er musste den Stier bei den Hörnern packen und die Kontrolle über seine eigene Schöpfung übernehmen, dachte er in seinem Delirium. Er musste auf der Innenbahn an Siv vorbeistürmen und den Sieg davontragen. Plötzlich, wie durch einen Blitz erhellt, sah er seine Chance. Hatte er nicht doch noch ein Ass im Ärmel? War der Augenblick gekommen, in dem er die Trumpfkarte hervorzaubern und auf den Tisch knallen sollte?

»Tormod! Aufwachen! Hilf uns mit der Batterie!«, krächzte Espen und klopfte auf das Dach des Mitsubishi. Tormod wurde aus seinen Gedanken gerissen und ging zu ihm. Mit aller Kraft, begleitet von einigen Grunzlauten, wuchteten sie den Elektromagneten auf die Ladefläche und sicherten ihn mit Spanngurten. Das Gerät auf dem Pick-up sah äußerst seltsam aus – ein zusammengelötetes, verdrahtetes, verdrehtes, glänzendes kupferfarbenes Monster, bedeckt mit Kabeln und Krokodilklemmen. Dazu luden sie die abschließbare Transportbox von Jørstads entlaufener Katze und zwei Fässer Azeton auf den Truck. Espen zufolge würde das Azeton sogenannte Rowolt-Bahnen »unterbrechen«. Er sagte, es sei eine »antikinetische Maßnahme«. Ihren Gefangenen würden sie in die Transportbox sperren. Sie waren bereit für die Jagd.

»Können wir uns kurz unterhalten?«, fragte Tormod Espen. Jørstad werkelte schnaufend und keuchend am Pick-up herum. Die beiden Männer gingen ins Haus. Aber es gab keine Unterhaltung. Tormod wollte eine neue Prise. Oder besser gesagt zwei.

»Alter, du gehst ja ab!«, grinste der verschwitzte Espen und reichte Tormod das Tütchen. Tormod zog eine fette Line neben der anderen auf Jørstads lackiertem Serviertablett.

»Pass auf, dass du nicht zu viel erwischst. Hehe!« Espen schüttelte sein rechtes Bein und sog selbst eine Line in sein zerfurchtes Nasenloch. Dann noch eine.

»Hör mal«, sagte Tormod.

»Ja?«

»Kannst du mit Jørstad den Magneten durch die Gegend fahren? Ich treffe euch später am Kiosk, dann machen wir uns auf den Weg rüber nach Veslehovden. Hab Gerüchte gehört, dass der Ton sich dort versteckt.«

Er log.

»Klar«, sagte Espen. »Trödel aber nicht rum. Wo willst du hin?«

»Einen Umweg, nur einen kurzen Umweg«, sagte Tormod. »Ein Abstecher«, erklärte er. »Kurzer Zwischenstopp«, meinte er hastig, entschlossen, aufgeregt, nervös, enthusiastisch, energisch, zuversichtlich, verwirrt, rücksichtslos, neidisch, rachsüchtig, ausdruckslos, weiß.

33

UNAUFFÄLLIG UND TRÄGE schleppte sich die Gestalt in Richtung Råset, jenes bescheidenen kleinen Orts drei Stunden nördlich der Hauptstadt. Der Teig war fast eins mit dem Boden, als hätte sich ein kleines Stück Landschaft verselbstständigt; ein Stück Erde, das sich gelöst hatte und über den Grund kroch, glatt und glitschig. Und was für einen Gestank es absonderte: nach Hefe, Fäule, Fermentierung, wie feuchte Erde oder Dünger. Eine sumpfige Ausdünstung waberte durch das Dorf. Was ist ein Dorf? Das norwegische Wort *bygd* aus dem altnordischen *byggð* bezieht sich auf die Gegend im Osten des Landes, in der einst weitläufige Bauernhöfe entstanden, die später in kleinere Einheiten mit traditionelleren Wirtschaftsgebäuden aufgeteilt wurden. Heutzutage ist ein *bygd* eine verstreut liegende Siedlung, bisweilen mit einem Zentrum, wo bestimmte Dienstleistungen verfügbar sind und in kleinem Maßstab Handel stattfindet – typischerweise im Kontext einer Kulturlandschaft. Kulturlandschaften sind in der Regel *berührende Zonen* in dem Sinne, dass sie als Standort für den Bau von Häusern, die Haltung von Tieren und die Bewirtschaftung des Bodens ausgewählt wurden, und das vor mindestens tausend Jahren. Vor eintausendfünfhundert Jahren. An manchen

Orten vor zweitausend Jahren. Vielleicht sogar noch länger. Oftmals sind das die schönsten Orte in der Landschaft. Aber was meinen wir mit »schön«? Nun, wenn man die Gegend besucht, erklärt sich das von selbst. Die berührende Landschaft aus abgeschiedenen Dörfern, Natur und Wildnis ist immer wieder zu den Menschen zurückgekehrt, die dort leben, und hat sozusagen ihre innere Landschaft geformt. Ländliche Siedlungen üben einen großen Einfluss aus. Egal, wie einfältig die Leute sind – oder wie gebildet –, es ist praktisch unmöglich, ihnen das Dörfliche zu nehmen. Auch wenn sie sich entschließen, zu gehen, fortzuziehen, wirkt die Landschaft der Region weiter auf sie ein – *berührt* sie –, wie weit auch immer sie reisen. Dieser Effekt oder diese Berührung sind natürlich oftmals negativ. Das Leben auf dem Land ist kein Zuckerschlecken. Ehemalige Bewohner, die ihr Heimatdorf über alles hassen, empfinden so, weil das Dorf sie noch immer in seinen Klauen hat. Sosehr sie es auch versuchen, sie können ihm einfach nicht vergeben. Es ist unmöglich, dem Dorf gegenüber neutral oder gleichgültig zu sein, genauso wie es unmöglich ist, Eltern gegenüber gleichgültig zu sein, im Guten wie im Schlechten. Nun schweifen wir allerdings etwas ab, denn weder Siv noch ihre Kolleginnen hatten viel Zeit außerhalb ihres Dorfes verbracht und planten auch nicht, das Dorf zu verlassen. Nicht einmal Tormod hegte solche Gedanken. Nur sehr wenige Menschen in Råset trugen das sogenannte Monster des Ehrgeizes in sich, und sie blickten nie von außen auf das Dorf. Für uns ist das also kein wirkliches Thema.

Ungeachtet dessen, was alle glaubten, hatte Tormods widerspenstige Kreation nicht mit einer Sichel, einem Hut, einer schicken Frisur oder einem Overall in der Ruine der alten Mühle gelauert. Sie hatte sich vielmehr an einem viel moderneren Ort verschanzt: in einem Gewerbegebiet an der Straße, die zur Agrargenossenschaft in der Nähe der Bucht führte. Dort, umgeben von Asphalt, hatten sich verschiedene Unternehmen niedergelassen: Skantek, Nobina, eine Autowaschanlage, ein Reifenmonteur, BN Miljø, ein Möbeloutlet, ein Schildermacher und so weiter. Nachts war das Gewerbegebiet immer menschenleer, aber es gab dort auch ein starkes WLAN-Signal. Wenn etwas eine Keratinisierung durchläuft, wird es »verhornt«. Keratin besteht aus schraubenförmigen, faserigen Molekülen, die sich beim Wachsen verdrehen, was wir zum Beispiel an gebogenen Hörnern oder extrem langen Nägeln sehen können. Die Masse an Keratin, das der Ton absorbiert hatte, sorgte dafür, dass er sich im Laufe des Tages verdrehte, bis er fast wie ein Schraubengewinde aussah, und er bohrte sich westlich des Gewerbegebiets neben dem Asphaltrand in den Boden, so nah wie möglich an der WLAN-Antenne, die auf einem Dachmast montiert war. Unter dem asphaltierten Gewerbegebiet war der Boden so reich wie hinter Tormods Haus. An beiden Orten war die Qualität fantastisch. Ganz Råset und die umliegende Landschaft waren wichtige Anbaugebiete, und es galten strenge Richtlinien zum Schutz des Ackerlands. Nur ein Prozent des Landes in Norwegen ist fruchtbar genug, um Getreide anzubauen, urbarer Boden ist also eine knappe Ressource. Bis sich eine neue Schicht Ackerboden bildet, vergehen tausend Jahre, daher ist es in diesen Regionen in der Regel nicht gestattet, Grundstücke für andere als für landwirtschaftliche Zwecke zu nutzen.

Trotzdem war am Rand von Råset dieser Gewerbepark entstanden, und hier verbrachte der Tonklumpen nun seine Zeit. Er war inzwischen von austernartiger Konsistenz und saugte, in den Boden geschraubt, alles Mögliche auf, absorbierte die Strahlung, nahm Nitrate auf und speicherte Feuchtigkeit, bis die Dämmerung anbrach und die Luft kühler wurde. Dann kam er heraus, um auf die Jagd zu gehen. Genau genommen *jagte* er nicht – er war schließlich kein Tier. Er zog einfach los oder wurde *getrieben*. Denn es war ein Trieb, ein Drang. Der Ton spürte dieses Ziehen, vielleicht ein molekulares Ziehen, das ihn in die Richtung dessen drängte, woran es ihm mangelte – Keratin, wie Siv richtig herausgefunden hatte, auch wenn das Keratin eigentlich ein Ersatz für etwas anderes war: für die Teile, die ihm fehlten.

Der Tonklumpen bewegte sich zwischen Schilfrohren und Binsen am Wasser entlang. Er kroch, wie jeden Abend, zur Flussmündung. Dort arbeitete er sich durch die glitschige Vegetation im Flussbett so flach es ging stromaufwärts und kam an der Ruine der alten Mühle vorbei. Das war wahrscheinlich der Ursprung der Gerüchte, die im Dorf kursierten: Er glitt jeden Abend an der Mühle vorüber. Noch schimmerten ein paar Flecken Sonnenlicht auf dem Flussbett, dessen Grund braun war, viel brauner als zu der Zeit, als Tormod ein Junge gewesen war. Der Klumpen rutschte auf seinem Bauch, seiner Unterseite oder wie auch immer man es nennen möchte, am Dorfrand vorbei und verspürte immer noch dasselbe Ziehen. Er bewegte sich gegen die Strömung, angetrieben von seiner unbändigen Kraft, ähnlich der tiefen, stillen Kraft eines Krampfes, eines

Würgens – oder auch eines Herzschlags. Der Teig gab ein Gluckern von sich. Es klang wie ein alter Gummireifen, der durch den Schlamm rollt. Wie das Geräusch schmatzender Lippen. Ein Schlucklaut. Tormods Schöpfung hatte ein klares Ziel vor Augen.

Der Teig glitt durch das dunkle Betonrohr, das Wasser unter der Hauptstraße hindurchleitete, und als er die andere Seite erreicht hatte, schob er sich geradeaus weiter. Tormod kannte hier jede Mulde, jeden Fels und jede Biegung im Fluss. In seiner Kindheit hatte er jedes einzelne Versteck ausgekundschaftet. Zweihundert Meter unterhalb der Schule befand sich neben einer Baumgruppe ein kleiner Felshügel, den der Fluss unterhöhlt hatte. Hier hatten sie mit einem Metallteller junge Bachforellen gefangen. In der Zeit vor der Grundschule, vor Siv, waren Tormod und seine Freunde, insbesondere sein bester Freund Morten, der mit sieben Jahren leider weggezogen war, über jeden Zentimeter dieses Gebiets gekrochen. Hier war Tormod in den Schuhen seiner Jugend herumgetrampelt – Adidas, Reebok, Ecco, Viking-Stiefel – und hatte zu kleine Socken und immer schmutzige Overalls mit großen selbst aufgenähten Flicken auf den Knien getragen, die unten bis zu den Waden hochgeschlagen waren. Seine Freunde hatten ihn ständig auf seine hochgekrempelten Hosen angesprochen, daran erinnerte er sich noch. Tormod war auch immer zum Fluss hinuntergestapft, wenn sein Vater Oscar und die Männer von der Arbeit zu Hause am Esstisch zu laut und zu rabiat geworden waren. Wenn sie zu viel Bier intus hatten oder Kaffee aus der Kanne mit einem Schuss Selbstgebranntem aus einer nicht etikettierten Plastikflasche.

Tormod und Morten waren glücklich über den Boden getollt, vorbei an den heißblütigen Kiebitzen mit ihren unglaublich kreischenden Rufen. Sie liefen um einen Grabhügel herum, zumindest sagten die Leute, es sei einer. Und sie stellten sich vor, dass es ein Wikingergrab war, denn dahinter befand sich der kleine, dunkle Tümpel, in dem sie häufig Kaulquappen, Blutegel, Schwimmkäfer und vor allem Salamander fingen und immer auch wieder freiließen. Es war der einzige Ort, an dem es Salamander gab, und sie wussten, dass sie sehr selten waren. Die Jungs trauten sich nie, bis in die Mitte des Tümpels zu waten. Er war zu tief, obwohl niemand genau wusste, wie tief. Das Wasser war schwarz, und man konnte den ekligen lehmweichen Grund nicht sehen. Der Gedanke an die Blutegel, die sich jeden Moment an ihre Beine heften und die Köpfe in ihr Fleisch drücken konnten, machte ihnen fürchterliche Angst, und einmal saugte sich tatsächlich ein Blutegel in Tormods Kniekehle fest und bohrte sich durch die Haut. Heulend waren die Jungen nach Hause zu Oscar gerannt, der den Egel mit seinem Faltmesser herausschnitt, verfluchte und unter der Schuhsohle zerquetschte.

Inzwischen war Oscar ein alter Mann. Er hockte mit seiner Frau Signe im engen Wohnzimmer und vernahm entgeistert den Dorftratsch, der durch die Holzwände sickerte. Etwas Derartiges war ihm noch nie zu Ohren gekommen. Er versuchte Tormod anzurufen, doch sein Sohn ging nicht ran. An einem Ort wie Råset sollte man die Erde lieber nicht umgraben, das wusste Oscar in seiner sturköpfigen, einsilbigen Art sehr wohl. Er hatte einen Rat auf Lager, und zwar, dass ruhelose Seelen wie er und Tormod und vielleicht auch die kleine Helene vorsichtig sein mussten. Zweimal versuchte er seinen Sohn anzurufen, aber er erreichte ihn nicht. Viel hätte er nicht zu sagen gehabt, aber er versuchte es trotzdem. Oscar wollte ihm sagen, dass es gefährlich sei zu graben. Im Erdreich gediehen allerlei Dinge. Aber er erreichte ihn nicht. Na ja, dachte Oscar und legte auf. So war es eben. Wahrscheinlich war es sowieso zu spät.

An der Stelle, wo der Fluss um Sukkertoppen herum und weiter in Richtung der Hügel im Norden floss, schleppte sich der Tonklumpen vom Flussbett das steile Ufer hinauf. Es raschelte im Getreide, und der Ton bahnte sich einen fast unsichtbaren Pfad durch das Feld, eine schwache Spur, die diagonal auf den Sandweg zuführte. Tormods Schöpfung zog buchstäblich eine Linie durch die (berührende) Landschaft – einen Streifen. Entlang des Drahtzauns rund um den Spielplatz war die Vegetation grüner, vielfältiger. Dort wuchsen Wildhafer, Weidenröschen, Disteln. Auf dem Areal war ein Holzboot zu einem Klettergerüst umgebaut worden, und vier Betonrohre dienten als Tunnel zum Spielen, aber die darauf gemalten Bilder – ein Drache und ein Pirat – waren verblasst und blätterten ab. Über allem hing ein muffiger, süßlicher Geruch. Der Ton wandte sich wieder nach Westen und wabbelte am schrecklich-schönen Rand des Feldes entlang.

34

NUR EIN PAAR Steinwürfe entfernt saß Tormod mit seiner einzigen Tochter Helene auf der Veranda des Hauses der Familie Blystad. Beide lehnten sich in ihren grün gestreiften Gartenstühlen zurück und schauten auf das Land hinaus, der riesige Tormod und die schmale Helene. Die Kleine wiegte sich ängstlich vor und zurück. Ihr war übel. Sie glühte. Helene trug eine kurze Latzhose, und das maisgelbe Haar fiel ihr auf die Schultern. Ihr Vater saß mit schwieligen Händen da, in einem verblichenen alten T-Shirt, die Pupillen so groß wie schwarze Johannisbeeren. Die Schwielen waren frisch, denn er hatte den Graben hinter dem Haus wieder ausgehoben. Eine breite Furche tat sich auf, eine klaffende Wunde im feuchten Boden. Aus dem Loch stieg ein intensiver unangenehm süßlicher Geruch auf. Der dunkle, fast schwarze Boden roch glatt und schwer. Sivs breitstirnige Mutter war Hals über Kopf nach Hause geschickt worden. Alf war in seinem Zimmer und starrte gebannt auf den Computerbildschirm. Sie waren allein auf der Veranda, Helene und Tormod. Er hatte aus ihr einen Lockvogel gemacht. Tormod hatte Helene wie einen Köder ausgelegt.

Dort. Eine Linie, ein schwacher Streifen, der den Hafer an der Trockenmauer durchpflügte. Tormod sah ihn sofort. Er verschwand kurz. Tauchte wieder auf. Da drüben bewegte sich etwas. Wie bestellt, könnte man sagen. Hatte Helene etwas bemerkt? Nein, jung und klein, wie sie war, sah sie nicht weiter als bis zur Rasenkante. Tormods Mädchen war kurzsichtig, wie alle Kinder. An diesem Nachmittag wehte eine angenehme Brise, ein sanfter Wind strich über die Felder, und die Ähren wogten zu Tausenden, Zehntausenden, Hunderttausenden, sie ähnelten einer Decke oder Haut. Aber wehte der Wind nicht auch einen säuerlichen Dunst heran? Tormod glaubte zu wittern, wie sich dieser Geruch mit dem Aroma aus dem Graben hinter dem Haus vermischte. Aus den Augenwinkeln folgte er den Bewegungen im Getreide und beobachtete, wie sich die Linie auf sein Haus, die Veranda und sein Kind zubewegte.

Der Körper eines Kindes ist eine radikale Verlängerung des elterlichen Körpers. Tormod hatte ein 1:1-Verhältnis zu Helene. Er sah seine eigene Figur in ihrem Erscheinungsbild. Diesen gewölbten Brustkorb, den geraden Rücken, die muskulösen Schultern und den festen Bauch hatte er in ihrem Alter auch gehabt, dachte er. Ein Blick auf Helenes spitze Knie erinnerte ihn an seine eigenen. Ihre Füße und ihre kantigen Handgelenke stammten von ihm. Wenn er sie ansah, wie sie so dasaß und unruhig zappelte, hatte er den Eindruck, sich selbst zu sehen. Es gab nicht viele Bilder aus seiner Kindheit, aber er wusste, dass Helenes Profil eine Kopie von seinem und zuvor Oscars war. Da war er sich vollkommen sicher. »Das Mädchen ist den Blystads wie aus dem Gesicht geschnitten«, hatte so mancher Einwohner von Råset im Laufe der Jahre gemurmelt.

Ja, das sind die Körperteile eines Kindes, die unersetzlich sind. Die Unterarme, das Kinn, die Fingernägel, die Achillesfersen, der Klang ihrer Stimme, die Milchzähne oder die Lücken, die sie hinterließen, der Kehlkopf, ganz zu schweigen von den Haaren. Diese Dinge sind mehr oder minder bei allen Kindern gleich, doch seltsamerweise hat man stets das Gefühl, etwas so Einzigartiges wie das eigene Kind noch nie gesehen zu haben. Dein Kind ist die Summe all dieser Teile. Wie konnte Tormod all das aufs Spiel setzen?

Tormod sprach leise mit Helene, die Worte quollen plötzlich nur so aus ihm heraus. Er hatte immer in erster Linie mit den Händen oder mithilfe von Gegenständen kommuniziert und seine Handlungen für sich sprechen lassen, und Helene war so viel Gerede nicht gewohnt. Daher war sie leicht abzulenken, und Tormod lenkte sie ab, während der Ton über das Feld auf sie zukroch. Er öffnete sich und erzählte ihr eine Geschichte nach der anderen – Dinge, die Helene noch nie gehört hatte. Das Mädchen spitzte die Ohren. »Deine Mutter und ich haben früher oft die Schule geschwänzt«, sagte Tormod, »wir haben uns in den Schatten von dem Riesenfelsen hinter dem Altenheim gelegt, weißt du? Da wuchsen Kleeblumen oder Rotklee, und wir lagen stundenlang da und kauten darauf herum. Einmal sind wir mit Haraldsets Moped durch ein Scheunentor in Hovin gefahren. Ein anderes Mal lag eine halb tote Möwe am Eingang von Brennas Keller, und Ine sollte sie mit einem Ruder erschlagen und ihrem Elend ein Ende machen, aber er hat sie nicht richtig getroffen.«

Tormod redete und redete. Helene wiegte sich vor und zurück, blass und gebannt, während die Worte aus ihm heraussprudelten. Sie wagte kaum, ihren Vater anzusehen und starrte stattdessen auf seine rauen Hände, die schwach gestikulierten. Was kam da in ihm zum Vorschein? Ihr Vater war besessen, dachte Helene, das war klar; sie hatte es immer gewusst. Sie hatte die ganze Zeit recht gehabt, aber jetzt war es heraus. Das Monster konnte sich nicht länger verstecken, es war für alle sichtbar und plapperte vor sich hin. Helene saugte an ihrem dicken, goldenen Zopf und kaute sogar ein bisschen daran. Sie spürte, wie sich ihr Magen umdrehte. Sie hatte Hunger. Ein plötzlicher Krampf in den Eingeweiden ließ sie rülpsen. Den Ton im Getreide durchfuhr im selben Moment ein Schauer, es war fast wie ein Schluckauf. Zuckend und sich windend, kroch er weiter.

»Frederik hatte ein Apache-Fahrrad«, fuhr Tormod fort, »aber eines Tages, als er abrupt bremste, zerquetschte er sich praktisch die Hoden am Schalthebel. Und der Pfeil, der Bjørnars Köcher durchschlug und sich in seine Schulter bohrte – den hat nicht Kato abgefeuert, sondern ich. Niemand sonst weiß das«, sagte er und legte einen Finger auf die Lippen. Helene nickte steif. Tormod redete wie ein Wasserfall. Unvermittelt sagte er:

»Ich glaube, du hast etwas von dem Ton gegessen, nicht wahr, Helene?«

Tormods Kiefer mahlten. Er öffnete den Mund auf komische Art, kaute merkwürdig, bedeckte ihn mit der Hand.

»Ich weiß nicht«, sagte Helene. »Vielleicht ein bisschen.«

»Wahrscheinlich bist du deswegen so blass.«

Allein dem Pulver war das Ganze nicht geschuldet. Dem Amphetamin, der Paste – der Substanz, die auch Marzipan, Weißes, Gewürz, Zauber, Speed, Sprintspikes und Hummeln genannt wird. Auf die Blutaxt, wie es auch manchmal heißt, konnte man nicht alles schieben. Die Blutaxt fuhr in die Venen und hackte gleichzeitig nach innen und außen. Obwohl Tormod in diesem Augenblick völlig neben der Kappe war, wurde er sich seiner selbst gewahr. Je weiter er aus sich herausging, desto tiefer blickte er in sich hinein. Und in Tormod befand sich ein anderer Mann. Das war schon immer so gewesen. Ein zweiter Mann, der sich in Tormod verbarg und eigene Pläne verfolgte. Helene fing jetzt an zu würgen, ihr Hals schwoll an. Sie stieß eine Art Gebrüll aus, ein Blöken.

»Ich werde dir helfen, mein Schatz«, tröstete ihr Vater sie.

Er zog sie auf dem Stuhl nach vorne und hielt dabei ihr Haar zurück. Er hob es wie eine Handvoll Heu in die Luft. Der Ton wusste – natürlich nicht in Worten, sondern in seiner Eigenschaft als taubstummer Ton am Boden des Feldes, am Grund des Feldes, ganz unten –, dass er dorthin gezogen wurde, wohin er gezogen wurde. Das Material strebte seiner Bestimmung entgegen. Der Teig aus Ton und Kitt war eine weiche Masse, klebriger Schlamm, wabbelig und stinkend. Er sah aus wie ein Klumpen Fett, womöglich ein Stein – unverwüstlich.

Tormod Blystad saß neben seiner sich krümmenden Tochter und hielt ihr Haar. Sie würgte in Schüben. Ihre Augen traten hervor. Plötzlich machte er eine Bewegung auf seine Tochter zu. Er zeigte auf sie und wies die Mischung aus Ton und Kitt in ihre Richtung. Womöglich war es ein zerstörerischer Akt. Wir könnten es »schrecklich« nennen, eine »Tragödie«, aber in diesem Moment wies Tormod auch auf das, was bedeutsam war. Vielleicht hatte er es schon die ganze Zeit getan, ohne nachzudenken, doch jetzt lockerte er den Griff und gab die wichtigste Sache in seinem Leben auf. In diesem Punkt sind sich alle Mystiker einig, sie sagen es ganz klar: Was von uns verlangt wird, ist das, was wir am wenigsten bereit sind zu geben. Blicke tief in dich hinein und finde heraus, was du niemals, unter keinen Umständen opfern willst, und dann lass es los.

Für Gardar, Marie, Lilja und Ida